KB105178

검은
천사

검은 천사 9

임영기 장편소설

초판 1쇄 찍은 날 § 2016년 10월 7일
초판 1쇄 펴낸 날 § 2016년 10월 14일

지은이 § 임영기
펴낸이 § 서경석

편집책임 § 이지연

펴낸곳 § 도서출판 청어람
등록번호 § 제387-1999-000006호
등록일자 § 1999. 5. 31
어람번호 § 제1-2538호

주소 § 경기도 부천시 원미구 부일로 483번길 40 서경B/D 3F (우) 14640
전화 § 032-656-4452 팩스 § 032-656-4453
http://www.chungeoram.com
E-mail § chungeorambook@daum.net

ISBN 979-11-04-90990-0 04810
ISBN 979-11-04-90701-2 (세트)

9

이카루스의 날개

검은천사

FUSION FANTASTIC STORY

임영기 장편소설

도서출판 청어람

차례

CONTENTS

검은
천사

제56장
전쟁의 기운

정필은 우승희와 우만호를 데리고 평화의원에 갔다.

강명도가 치료를 하고 나더니 우만호는 걸어 다녀도 되고 우승희는 2~3일이면 일상생활을 하는 데 지장이 없을 거라면서 물리치료를 받으라고 권했다.

강명도가 마침 2인실 병실 하나가 비었으니까 우승희더러 입원을 하라는데, 그녀는 한사코 물리치료를 받은 후에 저녁에는 집에 돌아가겠다고 고집을 부렸다.

김길우와 재영 다혜는 연길에서 가까운 시골에 팔려간 탈북녀를 구하러 갔다.

어제 세 사람은 정필 없이 작전을 나갔었는데 무사히 탈북녀 두 명을 구해 와서 엔젤하우스에 합류시켰다.

이제는 까다롭거나 어려운 작전이 아니면 세 사람이 충분히 해나갈 수 있을 것 같아서 정필은 한시름 덜었다.

"정필 형님, 저 이제 돌아가갔슴다."

치료를 받고 흑천상사로 가는 길에 우만호가 말했다.

"괜찮겠니?"

"네. 이자 댕길만 함다. 자꾸 늦어지니끼니 복귀해서 일 날까 봐 걱정됨다."

"석철이가 중대장한테 말해뒀다면서?"

"그래 봐야 석철 형님은 기껏 하사인데 무슨 힘이 되갔슴까? 고조 중대장한테 말 한마디 해놨다는 거이겠지요."

정필은 운전을 하면서 조수석의 우만호를 쳐다보았다.

"너는 대한민국에 갈 생각 없는 거니?"

"왜 없갔슴까?"

"가족은 있니?"

"아바이하고 아매가 청진에 계심다. 제가 국경수비대 하면서리 돈을 조금 벌어갰고 그거이 부모님한테 보내줘서 입에 풀칠함다."

"청진이라……."

우만호가 미간을 찌푸렸다.

"여행 증명시만 있으년 되갔는데 그거이 문젬다."

"만호야, 그건 내가 알아볼 테니까 부모님 계신 집 주소 적어서 줘라."

우만호는 놀라서 눈을 커다랗게 떴다.

"형님께서 손을 써주시갔슴까?"

"장담은 못 하겠지만 가능할지 어떨지 알아보마."

"알갔슴다! 고맙슴다! 정필 형님!"

우만호는 얼마나 고마운지 눈물을 글썽거렸다.

그때 정필의 휴대폰이 울렸다.

―웨이, 링디(아우).

위엔씬이다.

정필은 요즘 부쩍 늘고 있는 중국어로 더듬거리면서 위엔씬과 통화했다.

"별일 없으셨습니까?"

―링디, 정필… 너무 고마워서 눈물이 다 나네.

정필은 장춘으로 돌아가는 메이리 편에 미화 6백만 달러를 위엔씬에게 보냈었다.

그건 흑천상사에서 벌어들인 돈 전액이다. 위엔씬은 그걸 받고는 감격하고 있는 것이다.

"우선 제가 갖고 있는 걸 보내 드렸습니다. 조만간 6백만 불을 더 보내겠습니다."

—허어… 링링이 자네에게 괜히 그런 걸 얘기해서…….

위엔씬이 미안하고 고마워하는 마음이 정필에게 고스란히 전해졌다. 정필은 이 사람은 믿어도 된다고 확신했다.

은주의 배신 때문에 앞으로 여자는 믿지 못하겠지만 남자는, 그것도 생사를 나눈 남자는 배신하지 않을 것이라는 반대급부가 크게 작용을 했다.

—정필, 이것만 있으면 충분하네. 더 보내지 않아도 되네. 내 말 알았지?

"형님, 제 말씀 잘 들으세요."

—말하게.

"어설프게 하시려려거든 아예 시작하지 마십시오."

—무슨 말인가?

정필은 모 아니면 도를 얘기하려는 것이다.

"이왕 뇌물 쓸 바에는 제대로 크게 쓰시고 형님의 뜻하는 권력을 꼭 이루시라는 겁니다."

—자네…….

"6백만 불 보내 드릴 테니까 모자라면 더 말씀하십시오. 탄약은 충분합니다."

—정필이…….

"형님의 일이 바로 제 일입니다."

정필은 아예 대못을 꽉 박아버렸다.

—어흐흥……! 징필이… 링다…….

길림성 당서기가 정필의 은혜에 어린아이처럼 펑펑 울고 있는 소리를 들으면서 정필은 내심으로 묘한 결심을 했다.

전화를 끊고 나서 그는 두 손으로 힘주어 핸들을 잡았다.

'앞으로는 거침없이, 그리고 후회 없이 살 테다……!'

그는 그것이 은주의 배신 때문이라고는 생각하지 않고 그저 평소에 그렇게 하고 싶었다고 스스로를 위로했다.

은주는 그만큼 그에게 큰 비중을 차지하는 여자였다.

연길에 온 공변숙은 안기부 연길 지부에서 예의 밀착 감시를 하고 있다.

김낙현이 팀장으로 있는 안기부 연길 지부는 예전에는 그저 출장소 정도의 규모로서 김낙현과 이진철 달랑 2명이 상주하고 있었다.

하지만 지금은 상주하고 있는 요원만 4명에 3~4개월 단위로 교대하는 순환 요원이 3명이다. 상주 요원 중에 여자는 한 명이고, 순환 요원 중에도 한 명이 있다. 다혜는 상주 여자 요원에 속한다.

물론 김낙현이 팀장이며, 공식적으로는 중국 연길에 안기부 지부 같은 것은 없는 것으로 되어 있다.

재영하고 시골로 작전을 나간 다혜에게서 정필에게 전화가 왔다.

—정필 씨, 삼천리강산 절대로 가지 마세요.

"왜 그럽니까?"

—거기 수상한 놈들 쫙 깔렸대요. 옷 입은 꼬라지가 흑사파는 아니고 보위부 같답니다.

정필은 집에 도착해서 뒤쪽 주차장에 차를 파킹시키고 우만호를 집에 올려 보내고는 자신은 옥단카와 함께 흑천상사에 들어가면서 다혜하고 통화했다.

"그놈들, 삼천리강산을 어떻게 해보려는 겁니까?"

행동파인 정필은 첩보원인 다혜처럼 두뇌 회전이 팍팍 돌아가지 않는다.

—팀장님 짐작으로는 보위부 놈들이 정필 씨를 잡으려는 것 같답니다.

팀장님이란 김낙현을 가리킨다.

"나를요?"

정필은 다혜의 말이 와 닿지 않았다. 보위부는, 아니, 권보영은 정필이 검은 천사이며 길림성 당서기 특수 보좌관이라는 사실을 모르고 있을 것이기 때문이다.

—네. 팀장님께서 뭔가 낌새가 이상하다면서 알아보라고 요

원들을 풀었어요.

"무슨 낌새 말입니까?"

—정필 씨, 원래 이렇게 먹통이었어요? 으왓! 아유… 차 좀 살살 몰아요!

다혜가 탄 차가 시골 비포장도로를 가는 모양이다. 목소리가 덜덜 떨리고 있다.

—보위부가, 아니, 권보영이 정필 씨 정체를 알아낸 것 같은 낌새 말이에요.

정필은 움찔 놀랐다.

—우리가 보위부에 대해서 뭘 알아낼 수 있다면 그들도 비슷한 능력을 갖고 있다는 걸 명심해야 돼요.

"빌어먹을……."

정필 입에서 욕이 저절로 튀어나갔다.

—좋아요.

"뭐가 말입니까?"

—정필 씨가 욕을 하니까 예전보다 훨씬 인간답게 보여서 좋다는 말이에요.

다혜는 전화를 끊기 전에 당분간 삼천리강산에 절대로 가지 말라고 신신당부했다.

정필은 흑천상사 사무실에 앉아서 커피를 마시고 있었다.

흑천상사는 아침 9시에 영업을 개시하는데, 이미 그 전에 고객들이 밖에서 기다리고 있다가 영업 개시와 동시에 물밀 듯이 사무실로 쏟아져 들어와 그 기세가 영업 종료인 6시까지 이어진다.

그렇게 해서도 밀려드는 고객들을 다 소화시키지 못해서 야근을 하는데 보통 밤 10시에 영업을 종료한다.

지금도 정필이 사무실에 앉아서 유리창을 통해서 밖을 내다보니까 고객 20여 명이 전시된 차를 구경하거나 전시장 곳곳에 있는 테이블에서 직원들과 상담이나 계약을 치르느라 북새통을 이루고 있다.

흑천상사 사무실이 이곳만 있는 것이 아니라 옆에 3곳이 더 있으며, 그곳에서도 똑같은 상황이 벌어지고 있으니 흑천상사가 얼마나 성황을 이루고 있는지 짐작할 수 있다.

'권보영은 내가 검은 천사가 아니라 특수 보좌관이라는 사실을 알고 있을 것이다. 그래서 날 잡으려고 삼천리강산에 부하들을 잠복시켰을 것이다.'

정필은 다혜의 전화를 받은 이후부터 줄곧 그 생각에 골몰하고 있다.

정필은 삼천리강산에 자주 드나들기 때문에 권보영이 거기에서 그를 잡으려고 하는 것은 이상한 일이 아니다.

정필은 검은 천사로 활동할 때 매우 은밀했었지만 특수 보좌관 신분일 때는 공안들에게 거의 대놓고 얼굴을 드러내 놓고 다녔었다.

그러니까 발각됐다면 검은 천사보다는 특수 보좌관이 훨씬 가능성이 높다.

정필이 앉아 있는 사무실 안에도 서동원을 비롯한 직원들이 고객들과 계약서를 작성하느라 복잡했다.

정필은 한쪽 구석에 있는 서동원 책상 옆 작은 테이블에 옥단카와 나란히 앉아 있다.

옥단카는 정필을 따라서 하느라 낯선 원두커피를 홀짝거리고 있는데, 정필이 즐겨 마시니까 자신도 좋아하려고 열심히 노력하는 모습이 자못 가상하다.

흑천상사의 직원들은 김길우와 서동원 등 몇몇을 제외하고는 대부분 정필을 알아보지 못한다. 그들은 김길우가 사장인 줄 알고 있다. 그것은 표면적으로 나서지 않으려는 정필이 원했던 일이다.

'그렇지만 권보영이 내가 특수 보좌관이라는 걸 알아냈다면 내가 검은 천사라는 사실을 알아내는 것은 시간문제다.'

정필의 얼굴이 점점 더 굳어졌다.

정필이 특수 보좌관으로 활약한 것은 모두 탈북자를 구하기 위해서였다.

즉, 특수 보좌관의 일이 검은 천사의 일로 이어진 것이다.

그러니까 특수 보좌관과 검은 천사는 떼려야 뗄 수 없는 불가분의 관계인 것이다.

정필은 지그시 어금니를 악물었다.

'당하기 전에 내가 먼저 권보영을 쳐야겠다.'

만약 권보영이 정필에 대해서 낱낱이 알아낸다면 그가 하고 있는 탈북자 구출에 관련된 모든 일이 중대한 타격을 받게 될 것이다.

정필이 제아무리 길림성 당서기의 특수 보좌관이라고 해도 한국인으로서 중국 땅에서 탈북자들을 구출하고 그들을 은밀하게 대한민국으로 입국시키는 일은 엄밀한 불법이다. 공산국가인 중국의 법에 위배되는 일인 것이다.

그러므로 정필이 하고 있는 일이 백일하에 낱낱이 드러나면 좋을 게 하나도 없다.

그 전에 권보영을 잡아야 한다. 그것만이 정필이 살 길이다. 당하기 전에 먼저 친다.

김길우와 재영, 다혜는 일을 성공적으로 끝내고 시골에 팔려갔던 36살 먹은 탈북녀 한 명을 구해왔다.

그녀는 젖먹이를 하나 안고 있었는데 중국 남편과의 사이에서 낳은 아들이라고 했다.

그녀는 북한에서 19살 때 결혼을 하여 남편과 다 큰 딸 둘이 있다고 한다.

굶주리고 있는 가속을 먹여 살려야겠다는 일념으로 두만강을 도강하여 중국에 왔다가 인신매매단에 붙잡혀서 중국 시골구석의 나이 든 절름발이 사내에게 팔려가 아들을 낳았으니, 이제는 북한으로 돌아가지도 못하게 생겼다고 퍼질러 앉아서 대성통곡을 했다.

젖먹이 아들을 중국인 남편에게 줘버리고 왔으면 아무 일도 없었던 것처럼 북한의 고향집으로 돌아갈 수도 있으련만 그녀는 그렇게 하지 않았다.

북한에 두고 온 가족도 보고 싶지만 중국 남편의 씨를 받아서 태어난 젖먹이도 차마 두고 올 수가 없었다.

북한의 딸들은 다 컸으니까 엄마가 없어도 되지만 이 젖먹이는 자기가 없으면 안 되니까 젖먹이를 선택할 수밖에 없다는 것이 그녀의 논리다. 아니, 그건 논리가 아니라 본능이라고 할 수 있다.

여자는 자신을 구해준 재영과 김길우 등에게 자신과 젖먹이를 대한민국에 보내 달라고 통사정을 했다.

김낙현과 이진철은 권보영이 정필의 정체를 알게 된 것에 대한 대책과 공변숙을 감시하는 일 때문에 눈코 뜰 새 없이 바빠서 정필을 만날 시간이 없어 평소 가끔 연락책으로 쓰고 있는 순환 여자 요원을 보냈다.

정필과 재영 등은 주방의 커다란 식탁에 둘러앉아서 늦은 점심 식사를 하고 있었다.

"밥 먹었니?"

"아직……."

다혜가 연락책으로 온 후배 여자 요원을 자기 옆에 앉히고 소영에게 부탁했다.

"소영 언니, 밥 하나 줘요."

"알았슴다, 다혜 씨."

23살 새내기 여자 요원 연순진은 소영이 밥을 퍼오기도 전에 자신이 온 용무부터 꺼냈다.

"공변숙의 행보입니다."

그녀는 이 팀의 리더이며 또한 안기부 미카엘 팀 팀장인 정필을 하느님 보듯이 깍듯하게 대했다.

"조사해 보니까 연길공항에 공변숙 일행을 마중 나온 조선족들은 하나같이 북한 측 인사들이고 개중에 조선족들은 골수 친북이었습니다."

연순진은 어젯밤 공변숙의 환영 만찬은 연길의 만경대라는 식당에서 벌어졌으며, 만경대는 북한이 직접 투자하고 그곳에서 일하는 종업원들은 모두 북한에서 데려온 사람들이라고 설명했다.

"어제 환영 만찬에 권보영이 왔었습니다."

정필 이하 모두들 식사하던 손을 뚝 멈추었다.

"우리 측은 참가하지 못했으므로 그 안에서 권보영과 공변숙 사이에 무슨 일이 있었는지 자세한 것은 모릅니다."

연순진은 잠시 생각을 정리하고 나서 말했다.

"공변숙은 오늘 아침부터 연길에 거주하는 조선족을 찾아다니면서 대한민국 안기부가 북한 주민들을 꾀거나 납치하여 대한민국으로 끌고 가서 강제 노동을 시키는가 하면 탈북자들을 죽인 다음에 몸에서 여러 종류의 장기들을 적출하여 그 장기들을 해외에 비싸게 내다 팔고 있다고 주장하고 다녔습니다."

탁!

"우라질! 공중변소 이년 정말 밥맛 떨어지게 하잖아?"

재영이 오만상을 찌푸리며 젓가락을 내려놓았다. 그에 의해서 공변숙의 닉네임이 '공중변소'로 낙점되는 순간이다.

연순진은 미안한 표정을 지었다.

"죄송합니다."

다혜가 연순진을 거들었다.

"니가 죄송할 게 뭐 있니? 계속해."

그녀는 한 살 아래인 연순진을 알뜰하게 챙겼다.

그때 정필의 휴대폰이 울렸다.

―정필 씨! 큰일입니다!

정필은 김낙현이 이처럼 당황하는 목소리를 처음 들었다.

"무슨 일입니까?"

정필은 본능적으로 사건이 터졌음을 직감했다.

—지금 공변숙이 베드로의 집에 쳐들어갔습니다!

"뭐요?"

정필은 자리를 박차고 벌떡 일어서며 소리쳤다.

—베드로의 집이 대한민국 안기부가 운영하고 있는 연길의 아지트라는 겁니다!

"이 미친년!"

다들 밥을 먹다 말고 궁금해서 미치겠다는 표정으로 정필을 쳐다보았다.

"공변숙이 베드로의 집에 쳐들어갔답니다."

그의 말에 재영이 밥그릇을 바닥에 내동댕이쳤다.

"이런 개 같은 년!"

공변숙이 연길 조선 TV 방송국의 기자들과 카메라맨을 대동하고 베드로의 집에 쳐들어간 직후 사건이 터졌다.

그렇게 공공연하게 대놓고 취재를 하는데 중국 공안이 가만히 있을 리가 없다.

정필이 달려갔을 때 베드로의 집 앞에는 중국 공안 차량과 공안 버스 등 10여 대가 줄지어 늘어서 있었다.

그리고 공안들이 베드로의 집에서 탈북자들을 줄줄이 끌어내서 공안 버스에 태우고 있는 중이었다.

물론 정필 일행은 가까이 가지 못하고 먼발치에서 구경꾼들 틈에 섞여 바라보기만 했다. 저기 어딘가에 권보영이나 보위부 요원들이 있을 것이기 때문이다.

이즈음 베드로의 집은 아파트를 3채까지 늘렸으며 그곳에 수용된 탈북자의 수만 해도 무려 70여 명에 이르렀다.

물론 장중환 목사가 큰 평수의 아파트를 3채씩이나 늘릴 수 있었던 것은 순전히 정필의 금전적 지원 덕분이었다.

정필의 휴대폰이 울렸다.

―정필 씨!

베드로의 집 다른 두 곳 중에 한 곳으로 달려간 다혜가 다급하게 외쳤다.

정필은 그녀의 목소리만 듣고서도 상황을 짐작하고 가슴이 짓이겨지는 것 같았다.

―여기도 쑥밭이에요! 지금 공안들이 베드로의 집 탈북자들을 쓸어 담고 있어요!

정필은 들고 있는 휴대폰을 땅바닥에 패대기치고 싶은 걸 간신히 참았다.

"목사님도 거기에 계십니까?"

―네! 목사님도 체포되셨어요! 어떻게 하죠?

"……."

이런 상황에 정필한테 뾰족한 방법이 있을 리가 없다.

―저기 보위부 새끼들도 보여요! 아… 씨팔! 그냥 다 쏴죽이고 싶어 미치겠네……!

다혜 목소리가 울먹임으로 번졌다.

"다혜 씨, 거기 공변숙 보입니까?"

―잠깐 기다려요.

정필은 휴대폰을 끊지 않은 채 그대로 귀에 대고 앞을 쳐다보았다.

공안들에 의해서 줄줄이 끌려 나온 탈북자들이 길게 늘어서서 공안 버스에 태워지고 있는데 모두들 펑펑 울면서 끌려가지 않으려고 몸부림을 쳤다.

그때 탈북자 중에서 젊은 여자 한 명이 대열에서 이탈하여 죽을힘을 다해 도망치기 시작했다.

삐이익! 삐익!

공안들이 호루라기를 불면서 뒤쫓았다.

정필은 도망치고 있는 여자가 누군지 안다. 바로 그가 인신매매단에게서 구출해온 회령에 사는 오현순이라는 19살 먹은 소녀다.

키가 큰 정필은 오현순이 구경꾼들 틈새로 빠져 나가 골목으로 내달리는 것을 지켜보며 손에 땀을 쥐었다.

'그래! 달려라! 현순아!'

그는 같이 온 김길우를 돌아보았다.

"길우 씨, 저리 가면 어디로 나옵니까?"

"따라오시라요."

김길우가 구경꾼들에게서 빠져 나와 반대 방향으로 내달리고 정필과 옥단카가 뒤따랐다.

정필이 달리고 있는데 휴대폰이 울렸다.

—정필아, 공중변소, 그 개년 여기에 있다.

3번째 베드로의 집으로 달려간 재영이다. 거기에 공중변소가 있다고 말하는 그의 목소리에 날카로운 살기가 진득하게 묻어 있다.

"거긴 어떻습니까?"

—씨팔, 줄줄이 굴비 엮듯이 다 붙잡혀 가고 있다.

"팀장님, 임무 드리겠습니다."

정필의 말에 재영은 벌써부터 흥분했다.

—어서 말해라.

"공변숙 잡아들이십쇼."

—오냐, 그 말 기다렸다.

현순은 하필이면 막다른 골목으로 달려 들어갔다.

더 이상 도망칠 곳이 없는 그녀는 막다른 곳에서 절망적인 표정으로 몸을 돌려 골목 입구를 쳐다보았다.

그녀는 맨발인데다 치마를 입고 도망치다가 넘어져 무릎과 팔꿈치가 깨져서 피투성이다.

그렇지만 그녀는 아픔을 전혀 느끼지 못했다. 그럴 겨를이 없다. 골목 입구에서 2명의 공안이 손에 움켜쥔 곤봉을 허공에 흔들면서 먹잇감을 발견한 맹수처럼 다가오고 있는 걸 발견했기 때문이다.

"아아……."

공포에 질린 현순은 그 자리에 털썩 무릎을 꿇고 두 손을 싹싹 빌었다.

"공안 동지… 제발 나를 놔주기요……. 내래 이번에 북송되면 총살임다……."

현순의 애원을 전혀 알아듣지 못하는 2명의 공안은 곤봉을 붕붕 휘두르면서 가까이 다가와 히죽거리면서 잔인한 미소를 지었다.

그때 갑자기 현순이 퉁기듯이 발딱 일어서는 힘을 빌어서 마치 단거리 육상 선수가 스타트하듯이 두 명의 공안 사이를 뚫고 나갔다.

타앗!

2명의 공안은 깜짝 놀라 급히 몸을 돌려 현순을 쫓으면서 뭐라고 악을 썼다.

그러고는 그중 한 명이 현순보다 월등한 빠르기로 그녀를 추격하면서 곤봉을 휘눌렀다.

곤봉은 바람을 가르더니 그대로 현순의 뒤통수를 무지막지하게 가격했다.

딱!

"악!"

현순은 자지러지는 단말마의 비명을 지르면서 그 자리에 풀썩 쓰러지는데 뒤통수에서 피가 퍽! 하고 튀었다.

뒤따라온 공안까지 합세하여 2명의 공안이 쓰러져서 이미 도망칠 엄두를 내지 못하고 있는 현순의 작고 가녀린 몸뚱이에 곤봉 세례를 가했다.

퍽퍽퍽퍽!

"아아악!"

현순은 처절한 비명을 지르면서 두 팔로 머리를 감싸지만 2개의 곤봉은 소나기가 쏟아지듯이 그녀의 머리며 등짝이고 온몸을 무차별 가격했다.

"이 개새끼들아!"

바로 그때 누군가 한국말로 울분을 터뜨리듯이 크게 외치는가 싶더니 허공을 붕 날아와서 발길로 공안 한 명의 턱을 걷어찼다.

탁!

"왁!"

그러고는 미처 때리기를 멈추지 못한 또 한 명의 공안 얼굴
에 주먹을 날렸다.

픽!

"꾹!"

정필은 쓰러져 있는 2명의 공안을 두 주먹으로 미친 듯이
두들겨 팼다.

"이 쌍놈의 새끼들아! 이 불쌍한 아이를 니들이 무슨 권리
로 때리는 거냐? 이 죽일 놈의 새끼들아!"

"터터우! 그만하시기요! 그러다 죽갔습다!"

"말리지 마세요! 이 씨팔새끼들 죽여 버릴 겁니다!"

김길우가 말리는 데도 이성을 잃은 정필은 공안들을 몇 차
례 더 발로 짓밟고 걷어찼다.

때리기를 멈춘 정필은 땅바닥에 무릎을 꿇고는 피투성이가
된 현순을 두 팔로 안았다.

"현순아."

현순은 간신히 눈을 깜빡이는데 머리에서 흐른 피가 눈을
덮어서 정필을 알아보지 못했다. 그러나 그의 목소리를 듣고
와들와들 떨리는 목소리로 중얼거렸다.

"아아… 저… 정필 오라바임까……."

"그래, 나다. 미안하구나."

정필은 그저 탈북자, 아니, 북한 사람들만 보면 무조건 미안한 마음이 들었다.

그들이 고생하는 것이 전부 자기 탓인 것만 같았다. 그런 그들을 다 구하지 못한 게 자신의 죄인 것만 같아서 미안해 죽을 지경이다.

"오라바이… 저 이자 북송되며는… 죽슴다……. 저는 죽기 싫슴다……."

"죽긴 왜 죽어. 현순이 너 절대 안 죽는다."

정필은 피투성이 현순의 얼굴을 조심스럽게 닦아주고 번쩍 안고 일어섰다.

"오라바이가 또 저를 구했구만요……. 고맙슴다……."

정필은 걸어가면서 현순을 품에 꼭 안았다.

"걱정하지 마라. 현순이 네가 위험에 빠질 때마다 내가 열 번이고 백 번이고 다 구해줄 테다."

"오라바이… 오라바이……."

현순은 정필의 품속에서 가늘게 몸을 떨며 눈물을 흘렸다.

김길우는 기절한 2명의 공안이 죽지 않은 것을 확인하고 급히 정필을 뒤따랐다.

정필은 문득 뒤가 켕겨서 돌아보니까 과연 옥단카가 단검을 뽑아들고 쓰러져 있는 2명의 공안에게 접근하고 있는 것을 발견했다. 그녀의 특기 중 하나는 단검으로 적의 목을 자르는 것이다.

"옥단카, 그냥 와라."

"네, 준샹."

옥단카는 순진무구한 얼굴로 단검을 품속에 집어넣고 급히 정필을 뒤따랐다.

정필이 먼 곳을 빙 돌아서 한적한 곳에 이르렀을 때 김길우가 그곳으로 레인지로버를 몰고 왔다.

정필이 뒷자리에 현순을 조심스럽게 눕히고 그 옆에 앉았을 때 재영에게서 전화가 왔다.

—공중변소 잡아냈다.

"잘 하셨습니다. 그년이 팀장님 얼굴 봤습니까?"

—야, 내가 초짜냐? 뒤에서 덮쳐서 기절시켰다.

"다치게 하진 않았습니까?"

—모가지를 비틀어서 죽이고 싶은 걸 간신히 참았다. 이제 어떻게 할까?

"팀장님은 다혜 씨하고 합류하십시오. 그런 다음에 무산 건너 두만강에서 봅시다."

재영은 정필의 계획을 즉시 알아차렸다.

—알았다.

통화를 끝낸 정필은 김길우더러 출발하라 이르고 연길공안국장 장취방에게 전화했다.

정필은 현순을 평화의원에 데려다놓고 곧장 연길공안국으로 갔다.

베드로의 집 세 군데 아파트에서 체포된 탈북자들은 이미 연길공안국 유치장에 갇혀 있는 신세다.

그대로 놔두면 그들은 도문변방대로 옮겨질 것이고 열흘 이내에 북송되고 말 것이다.

저벅저벅…….

정필은 김길우와 옥단카를 데리고 연길공안국 건물 현관으로 성큼성큼 걸어 들어갔다.

그런데 그가 정면의 계단으로 걸어가고 있을 때 계단 꼭대기에서 두 사람이 막 내려오기 시작했다.

두 사람을 발견한 정필의 눈에서 불꽃이 튀었다. 두 사람 중에 한 명이 권보영이기 때문이다.

권보영은 조금 전에 공안들이 잡아들인 베드로의 집 탈북자들 때문에 여기에 온 것이 틀림없다.

공변숙이 베드로의 집을 어떻게 알았는지 모르겠다. 어쩌면 권보영이 알려주었을지 모른다.

그렇다면 조금 이상하다. 권보영이 베드로의 집을 알고 있었다면 진작 연길공안에 알려줘서 베드로의 집을 덮치도록 했을 것이다.

어쩌면 권보영은 베드로의 집에 대해서 진작부터 알고 있었는데도 공변숙이 올 때까지 참고 기다렸는지도 모른다. 그래서 공변숙이 한 방 크게 터뜨려서 그녀의 입지를 격상시켜주려는 의도였을 것이다.

어쨌든 이번 베드로의 집 습격 사건의 밑바닥에는 권보영과 공변숙이 깔려 있는 것만은 분명하다.

그런 생각을 하니까 정필은 당장 이 자리에서 권총을 꺼내서 권보영을 무자비하게 쏴죽이고 싶은 분노가 머리 꼭대기까지 치솟았다.

마침 권보영도 정필을 발견하고 걸음을 멈추었는데 정필은 눈썹을 찌푸리기만 했을 뿐 계속 계단을 올라갔다.

권보영은 당장에라도 정필을 죽일 것 같은 표정을 지으며 그를 노려보았다.

"최정필."

그녀는 정필의 이름을 정확하게 알고 있다.

그때 문득 정필은 좋은 생각이 떠올랐다.

그는 권보영과 똑같은 높이의 계단에 멈춰서 불과 1m 앞의 그녀를 보며 싱긋 미소 지었다.

"보영아, 거긴 괜찮냐?"

권보영은 정필이 자신의 이름을 정확하게 아는 데다 '보영아'라고 부르자 발끈했다.

"종간나새끼, 무시기 헛소리를 하는 기야?"

정필이 재빨리 손을 뻗어서 권보영의 사타구니를 슬쩍 쓰다듬었다.

슥—

"지난번에 내가 보영이 널 너무 심하게 다룬 것 같아서 묻는 거다. 거긴 아프지 않냐?"

"엇? 이 종간나새끼래……."

권보영은 급히 하체를 뒤로 후퇴시켰지만 이미 정필의 손이 그녀의 그곳을 쓰다듬은 후다.

모르는 사람이 정필의 말을 들으면 그와 권보영이 섹스를 하는 과정에 정필이 거칠게 다뤄서 그녀의 그곳에 상처라도 낸 것으로 오해할 소지가 충분했다.

그런 말을 듣자 권보영은 갑자기 자궁과 그곳이 칼로 도려내는 것처럼 격렬하게 아팠다.

"으음……."

그녀는 너무 아파서 허리를 굽히면서 신음 소리를 내며 자신도 모르게 손으로 사타구니를 눌렀다.

"쯧쯧쯧……. 저런, 역시 그때 내가 너무 심하게 했었구나. 미안하다, 보영아."

"이… 종간나새끼……!"

순간 권보영의 주먹이 정필의 얼굴로 향했다.

정필은 충분히 피할 수 있지만 일부러 피하지 않았다. 오히려 옆에 있는 옥단카가 머리에 꽂힌 젓가락 암기를 뽑으려고 하는 것을 재빨리 손을 뻗어 그녀를 붙잡으며 제지했다.

퍽!

대신 정필은 권보영의 주먹이 코를 향해 날아오는 것을 슬쩍 얼굴을 돌려서 턱에 비껴서 맞게 했다.

정필은 그리 아프지 않았지만 크게 휘청거리면서 계단에 털썩 주저앉았다.

"터터우!"

"준샹!"

정필의 속셈을 전혀 모르는 김길우와 옥단카는 깜짝 놀라 소리쳤다.

더구나 옥단카가 품속에서 단검을 꺼내 권보영에게 덤비려는 것을 정필이 팔을 붙잡아 말렸다.

권보영은 정필이 자신의 주먹에 맞아 주저앉자 재차 달려들면서 주먹을 휘둘렀다.

퍽퍽퍽!

정필은 한 팔로 얼굴을 가리고 슬쩍슬쩍 피했기 때문에 그녀의 주먹질은 어깨와 등에 쏟아졌다.

그때 주위에 있던 공안들이 소리치면서 우르르 달려오자

그제야 권보영은 주먹질을 그쳤다.

정필은 비틀거리면서 일어나 품속에서 특수 보좌관 신분증을 꺼내 공안들에게 내밀었다.

"나는 길림성 당서기 특수 보좌관이다."

정필이 특수 보좌관이라는 사실은 권보영이 이미 알고 있으므로 감출 게 없다.

공안들이 신분증을 보더니 정필에게 일제히 경례를 했다.

그 순간 권보영은 매우 불길한 예감을 느끼고 안색이 홱 변했다. 정필의 속셈을 간파한 것이다.

정필은 권보영을 가리키면서 제법 정확한 중국어로 공안들에게 명령했다.

"이 여자를 체포하라."

"뭐… 이야?"

길림성 당서기 특수 보좌관이라면 연길공안국장보다 훨씬 높은 직급이다.

그러니까 공안들이 벌 떼처럼 권보영에게 달려들어서 수갑을 채우는 건 당연하다.

부관 장간치 소위는 멀뚱하게 지켜보면서도 전혀 손을 쓰지 못했다.

권보영은 두 손이 뒤로 수갑이 채워진 채 정필에게 바락바락 악을 썼다.

"야! 이 종간나새끼야! 너래 이거이 무시기 짓임매? 당장 그만두지 못하겠니?"

정필은 손등으로 입가의 피를 닦으면서 흐릿하게 웃었다.

"보영아, 너 나를 잡겠다고 삼천리강산에 보위부 애들 잔뜩 풀었다면서?"

"너… 너… 이 새끼!"

"너 길림성 당서기 특수 보좌관을 폭행하다가 현장에서 체포됐으니까 오늘로서 세상 구경 다 했다."

"이 간나새끼가 비겁하게… 퉤엣!"

권보영이 갑자기 정필의 얼굴에 침을 뱉었다.

픽!

"악!"

얼굴에 침이 묻은 정필이 그대로 발을 날려 발등으로 권보영의 사타구니를 힘껏 걷어찼다. 세 번째 가격이다.

권보영은 그렇지 않아도 자궁과 그곳이 참을 수 없이 아픈 상태에서 또다시 걷어차이자 고통을 견디지 못하고 그대로 기절해 버렸다.

기절한 그녀가 계단에서 굴러 내리자 부관 장간치가 몸을 날려서 그녀를 붙잡으며 부르짖었다.

"중대장 동지!"

정필은 연길공안국장 집무실에 공안국장 장취방과 마주 보고 앉아 있고, 김길우와 옥단카는 정필 뒤에 서 있다.

기왕지사 이렇게 된 것 정필은 장취방과 마주 앉자마자 특수 보좌관 신분증을 내보였다.

장취방은 신분증을 가만히 들여다보다가 갑자기 놀라서 벌떡 일어섰다.

"흐엇!"

장취방은 너무 놀라서 멍한 표정으로 정필을 쳐다보더니 갑자기 번쩍 정신을 차리고 경례를 했다.

정필은 의자를 가리켰다.

"앉으세요."

장취방은 개인적으로 정필을 알고 있으며, 몇 번 도움을 준 적이 있었지만 그가 설마 길림성 당서기 특수 보좌관일 줄은 미처 몰랐었다.

장취방은 아직도 놀란 표정으로 머뭇거리면서 정필 맞은편에 앉았다.

"길우 씨, 내가 제대로 하지 못하는 중국말은 통역해 주십시오."

"알갔습다."

정필은 장취방을 상대로 도박을 하려고 한다. 그는 일단 특수 보좌관 신분증을 품속에 넣었다.

"장취방 씨, 지금부터 내가 하는 얘기는 길림성 당서기 특수 보좌관이 아니라 장취방 씨의 친구로서 하는 겁니다."

중간에 막히는 중국어는 김길우가 통역했다.

정필은 장취방의 놀라움과 긴장을 풀어주기 위해서 쓸데없는 여담 몇 마디를 했다.

예를 들어 삼천리강산에 자주 가느냐, 요즘 건강은 어떠냐, 라는 식이다.

과연 정필의 의도대로 장취방은 긴장이 조금 누그러져서 정필이 묻는 것들을 더듬거리며 대답했다.

정필은 자신이 특수 보좌관이라는 정보가 연길공안국에서 흘러나왔을 것이라고 믿고 있는데 뜻밖에도 장취방은 거기에 대해서 전혀 모르는 것 같았다.

하지만 그건 그리 중요한 문제가 아니다. 지금은 유치장에 갇힌 76명의 탈북자를 구출하는 것이 급선무다.

정필은 장취방의 부관과 집무실에서 시중을 드는 여자 공안은 밖으로 내보내게 했다.

"길우 씨."

정필이 부르자 김길우가 갖고 온 가방을 정필과 장취방 사이 테이블에 내려놓았다.

탁!

정필은 장취방을 보면서 가방을 가리켰다.

"받아주십시오."

"뭐… 뭡니까?"

장취방은 평소 알고 지내던 정필이 길림성 당서기 특수 보좌관이라는 사실을 알게 된 충격에서 완전히 회복하지 못한 상태다.

그래서 그는 자신이 무엇인가 큰 잘못을 해서 정필이 그것을 추궁하기 위해서 찾아온 것이 아닌가 잔뜩 긴장하고 있는 상태다.

"2백만 달러입니다."

"……."

지익…….

정필이 지퍼를 열자 가방 안에는 미화 100달러짜리 다발이 수북하게 들어 있다.

정필은 흑천상사 사무실 금고에 있는 돈을 박박 긁어모으고 또 연길은행에 있는 잔고를 다 털어서 달러로 환전해서 갖고 왔다. 그게 2백만 달러 중국 위안화로는 정확하게 1,700만 위안이다.

장취방은 어리둥절한 얼굴로 가방 안의 달러와 정필의 얼굴을 번갈아 쳐다보았다.

"이걸 드리겠습니다."

"나… 한테 말입니까?"

"그렇습니다."

아닌 밤중의 홍두깨라는 건 바로 이런 걸 두고 하는 말이다. 특수 보좌관에게 한바탕 깨지는 게 아닌가 하고 바짝 긴장하고 있는데 느닷없이 2백만 달러를 주겠다니, 장취방은 마른침을 꿀꺽 삼켰다.

연길공안국장의 월급은 5천 위안으로 한화로 환산하면 75만 원 정도이고 1,700만 위안은 한화로 자그마치 약 25억 5천만 원이다.

그러니까 1,700만 위안이면 그의 월급으로 3,400개월, 햇수로는 283년을 벌어야 하는 엄청난 액수다.

하지만 장취방의 현재 나이가 52세이고 앞으로 잘 해야 10년 정도 더 공안국장 자리에 앉아 있다고 하면 그로서는 죽을 때까지 1,700만 위안이라는 거금은 절대로 만져볼 수 없을 것이다.

정필은 장취방을 똑바로 응시하면서 차분하게 말했다.

"급하게 오느라 이 정도밖에 갖고 오지 못했습니다."

정필은 자신이 대단한 부자이며 권력을 지니고 있다는 사실을 장취방에게 강하게 어필해야 할 필요성을 느꼈다.

"사실 우리끼리니까 하는 말이지만 흑천상사하고 삼천리강산은 내 겁니다."

"헤에……."

장취방은 너무 놀라서 바보 같은 소리를 냈다. 그도 그럴 것이 현재 연길에서 가장 잘 나가는 회사가 흑천상사이며, 삼천리강산은 길림성 전체에서 규모나 매출 등 여러 면에서 단연 첫 손가락 꼽히는 음식점으로 자리매김을 하고 있는 중이기 때문이다.

장취방은 김길우를 쳐다보았다. 그는 김길우가 흑천상사 사장이라고 알고 있었다.

그렇지만 언제나 김길우가 정필의 측근처럼 행동하는 것을 조금 이상하게 생각하고 있었다. 그런데 이제야 비로소 그 의문이 풀렸다.

김길우는 공손하게 두 손으로 정필을 가리켰다.

"사실은 저는 월급 사장이고 터터우께서 똥지아(東家:물주)이십니다."

그는 놀라는 장취방을 보면서 말을 이었다.

"삼천리강산의 영실 씨도 월급 사장이고 똥지아는 이분이십니다."

장취방은 진땀을 흘렸다.

"워 쇼우징(我受驚:저 놀라서 죽을 것 같습니다)."

정필은 탈북자들 때문에 속이 바싹바싹 타들어가고 있지만 겉으로는 여유 있는 미소를 지어보였다.

"나는 길림성에서 더 큰 사업을 할 계획입니다. 장취방 씨가 은퇴를 하면 나를 도와주십시오."

정필의 말은 아예 쐐기가 되어 장취방의 정수리에 깊숙이
콱 틀어박혔다.

은퇴 후에 정필의 기업체에 든든한 자리를 꿰차고 들어앉으
면 죽을 때까지 돈 걱정은 없을 것이다. 아니, 지금 당장 테이
블에 놓여 있는 1,700만 위안만 수중에 들어와도 평생 떵떵거
리면서 살 수 있다.

장취방은 입안이 바싹 타들어갔다.

"그런데… 특수 보좌관께선 저에게 무얼 원하십니까?"

정필은 까놓고 말했다.

"조금 전에 체포한 탈북자들을 모두 내게 넘기십시오."

장취방은 아! 하고 놀라는 표정을 지었다.

1997년 초의 중국은 부패가 만연한 시기였으며 그중에서도
관리들의 부패는 특히 더 심했다.

한마디로 말해서 뇌물로 안 되는 일이 없다는 사실을 정필
은 잘 알고 있다.

만약 지금 정필이 위엔씬을 들먹이면 구태여 뇌물을 줄 필
요도 없지만 그러고 싶지 않았다.

위엔씬은 지금이 매우 중요한 시기이기 때문에 이런 일로
그에게 누를 끼칠 수는 없다. 나중에 더 큰 일로 그를 써먹을
일이 많을 것이다.

정필은 장취방이 왜 탈북자들을 넘기라고 하는지 물어보면 어떻게 대답할 것인지에 대해서 분수하게 궁리했다.

장취방은 잠자코 정필을 응시하더니 조심스러운 표정을 지으면서 물었다.

"그것뿐입니까?"

정필은 속으로 '됐다!' 하고 쾌재를 불렀다.

"그렇습니다."

장취방은 테이블의 돈 가방을 힐끗 쳐다보았다.

"탈북자들만 넘기면……."

"그걸 드리겠습니다."

장취방은 고개를 끄떡이며 몹시 긴장된 표정을 지었다. 무려 1,700만 위안이 그의 손에 굴러들어 오는 순간이다.

"조건이 있습니다."

장취방이 조건을 달았다.

"뭡니까?"

"탈북자들을 내드리면 그들의 모습이 연길에서 눈에 띄지 말아야 합니다."

"알겠습니다."

정필이 손을 내밀고 장취방이 그 손을 잡고 악수를 했다.

척!

마침내 거래가 성립됐다. 그러나 이 거래는 매우 큰 의미를 갖고 있다.

거래가 이번 한 번으로 끝나는 것이 아니라 장취방을 정필의 사람으로 끌어들였다는 사실이 중요하다.

정필이 미지근한 커피를 마시고 있을 때 장취방은 일어나서 서둘러 돈 가방을 들고 한쪽 구석에 있는 철제 캐비닛에 넣고 있었다.

"장취방 씨."

정필이 소파로 돌아온 장취방을 불렀다.

"한 가지 물어볼 게 있습니다."

장취방은 1,700만 위안이 자기 손에 들어왔다는 사실 때문에 흥분해서 얼굴이 벌게졌다.

"말씀하십시오."

52세의 장취방은 26살의 정필에게 깍듯했다.

"내가 길림성 당서기 특수 보좌관이라는 사실이 아마도 여기 공안국에서 밖으로 새어 나간 것 같은데, 장취방 씨는 몰랐습니까?"

장취방은 고개를 강하게 저었다.

"저는 전혀 몰랐습니다."

그랬으니까 장취방은 정필이 특수 보좌관이라는 사실을 알고 몹시 놀랐던 것이다.

"북한 보위부의 권보영이 그 사실을 알았는데 아마 공안국의 누군가에게 정보를 얻은 모양입니다."

"알겠습니다. 제가 알아보고 조치하겠습니다."

"아! 그리고 하나 더, 지금 유치장에 권보영이 수감되어 있습니다."

"권 대장이 말입니까?"

"나를 폭행했습니다."

"저런, 미친년……"

장취방은 권보영을 평소에 '권 대장'이라고 부르는 모양인데 그녀에게 거침없이 욕을 했다.

그것만 봐도 장취방이 정필하고 권보영 중에서 누굴 더 중하게 생각하는지 알 수 있다.

모르긴 해도 권보영은 연길공안국에 인맥을 쌓느라고 많은 공을 들였을 것이다.

어차피 이것은 파워 게임이다. 더 능력이 있고 힘 있는 자가 공안국을 장악하고 그러면 매사 유리하게 풀린다. 현재는 정필이 연길공안국을 장악했다고 할 수 있다.

"그녀를 내가 데려가겠습니다."

이것은 협조 요청이 아니라 일방적인 통보다.

장취방은 허리를 굽혔다.

"그렇게 하십시오."

권력보다는 돈의 힘이 더 컸다.

정필은 장취방이 일 층 입구까지 배웅을 하겠다는 것을 만류하고 김길우, 옥단카와 함께 일 층 입구를 나섰다.

장취방은 연길공안국에서는 왕인데 그가 정필을 배웅하는 모습은 많은 사람의 눈에 띌 것이고, 그래서 좋을 게 하나도 없기 때문이다.

칵!

정필은 연길공안국 건물 앞의 넓은 마당에서 담배에 불을 붙였다.

김길우는 주차장에 레인지로버를 가지러 갔지만 조금 늦을 것이다.

본관 건물하고 떨어져 있는 유치장에 가서 권보영을 인계받아서 태우고 와야 하기 때문이다.

저만치 입구 바깥에 권보영의 부관 장간치 소위가 안절부절못하는 모습으로 서성거리고 있다.

장간치는 권보영이 정필을 폭행한 사건으로 유치장에 수감됐기 때문에 그녀를 구명하기 위해서 동분서주하다가 뜻을 이루지 못하자 맥 빠진 모습이 역력했다.

정필은 장간치를 못 본 체하고 담배 연기를 길게 내뿜었다.

그때 장간치가 정필을 발견하고 깜짝 놀라는 것 같더니 잠시 후에 머뭇거리면서 다가왔다.

"저……."

정필은 담배를 바닥에 버리고 발로 비벼 끄면서 그를 쳐다보았지만 아무 말도 하지 않았다.

장간치는 두 손을 앞에 모으고 비비면서 최대한 저자세를 취하고 정필의 눈치를 살폈다.

"특수 보좌관 선생님."

장간치나 권보영은 정필이 검은 천사라든가 탈북자 일을 하고 있다는 사실을 모르고 있는 게 분명하다. 그걸 안다면 장간치가 이런 식으로 다가오지도 못할 것이다.

정필은 장간치가 무슨 말을 하려는지 짐작하기에 말없이 그를 쳐다보기만 했다.

"저희 중대장 동지가 특수 보좌관 선생님께 큰 실수를 저지른 것은 인정함다. 길티만 선생님께서 온정을 베푸서서 어케 석방시킬 수 없으시갔슴까?"

정필이 아무 말도 하지 않으니까 장간치는 더 애가 탔다.

"중대장 동지가 잠시 삔또(머리가 이상해지다)가 어케 된 모양이었슴다. 제발 용서하시라요."

정필이 침묵을 지키니까 장간치는 제 딴에는 비장의 무기를 꺼냈다.

"그래도 한때는 보좌관 선생님께서 우리 중대장 동지를 좋아하지 않으셨슴까? 기런데 어케 이럴 수 있슴까?"

정필은 슬쩍 미간을 좁혔다.

"내가 권보영을 좋아했다는 말이오?"

장간치는 정필을 원망하는 표정을 지었다.

"길티 않슴까? 두 사람이 서로 좋아하지 않았으면 어드러케 정을 나눴갔슴까?"

"정을 나눠?"

"아게 보좌관 선생님이 그러지 않았슴까? 우리 중대장 동지 하고 정을 세게 나눠서리 은밀한 거기에 상처를 낸 거이라고 말임다."

"아……."

정필은 아까 계단에서 권보영을 만났을 때 그녀를 약 올려서 먼저 도발을 하도록 유인하느라 일부러 그렇게 말을 했었는데 그걸 장간치는 정필과 권보영이 섹스를 한 것으로 오해를 한 모양이다.

정필이 가만히 있으니까 장간치는 통사정을 했다.

"보좌관 선생님, 두 분이 사랑 싸움을 해서리 그런 모양인데 우리 중대장 동지 잘 좀 봐주시라요."

"당신, 보영이 부관이오?"

"그… 렇슴다."

정필의 물음에 장간치는 저절로 부동자세를 취했다.

"언제 부관이 됐소?"

"한 달쯤 됐습다."

그래서 장간치는 정필과 권보영의 악연에 대해서 잘 모르고 있는 것이다.

지난번 정필이 향숙과 연길 제1 백화점에 갔을 때 주차장에서 권보영과 보위부 요원들에게 테러를 당해 납치됐을 때 장간치는 없었다.

"보영이에 대해서 말해보시오."

"뭘 말임까?"

"아는 대로 말해보시오."

"그거이 제가 아는 게 많지 않아서리……."

그러면서 장간치는 권보영에 대해서 자기가 알고 있는 대로 줄줄 털어놓았다.

장간치의 얘기가 끝나갈 때쯤 김길우가 레인지로버를 몰고 와서 클랙슨을 울렸다.

정필은 지나가는 말처럼 물었다.

"혹시 말이오. 남조선에서 연길에 여자 손님이 한 명 오지 않았소?"

"공변숙 동지 말임까?"

정필은 시치미를 뚝 뗐다.

"그 여자 이름이 공변숙이오?"

"그렇습다."

"그 여자 북조선하고 무슨 관계가 있소?"

정필이 슬쩍 떠보자 정필을 권보영의 연인이라고 철석같이 믿고 있는 장간치의 입에서 놀라운 사실이 흘러나왔다.

"저는 자세한 것은 모르갔지만 공변숙 동지래 공화국에 두 번인가 왔었습다. 기리고 공변숙 동지 큰아버지가 일본 조총련 고위 간부라고 들었습다만… 잘 모르갔습다."

정필은 장간치의 어깨를 툭툭 치고 레인지로버로 걸어갔다.

"정보 고맙소."

"아아… 보좌관 선생님, 우리 중대장 동지는……."

정필은 모르는 체 걸어가서 레인지로버 뒷자리에 탔다.

척!

뒷자리에는 권보영이 팔이 뒤로 향한 채 수갑이 채워져서 엎드린 자세로 길게 누워 있었다.

"갑시다."

정필의 말에 운전석의 김길우가 레인지로버를 출발시켰다.

정필이 뒤쪽 창문을 쳐다보자 장간치가 저만치 우두커니 서서 멀어지는 레인지로버를 바라보고 있었다.

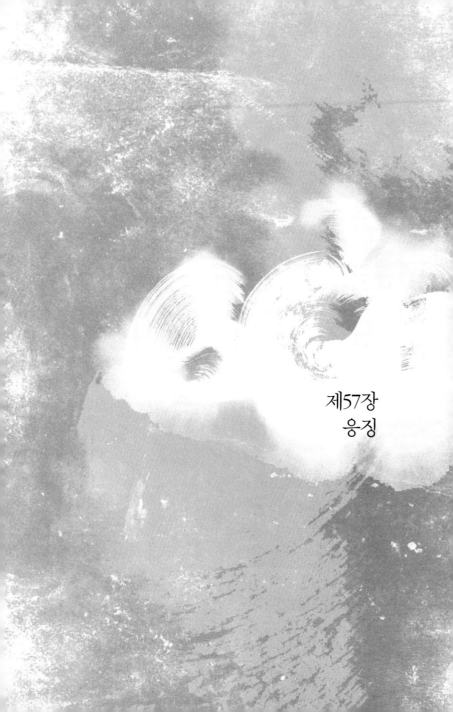

제57장
응징

슥—

정필은 뒷자리에 길게 누워 엎어져 있는 권보영의 허리를 잡고 똑바로 눕혔다.

그녀는 입에 테이프가 붙여져 있으며 눈을 동그랗게 부릅 뜬 채 숨을 쉬기 위해서 연신 콧구멍이 벌렁거렸다.

그러다가 정필을 발견하고는 신음 소리를 내면서 냅다 발길 질을 했다.

"으으음……."

콱!

정필은 양손으로 권보영의 양쪽 발목을 움켜잡았다.

"보영아, 내가 널 어떻게 할 것 같으냐?"

"으음… 읍……."

권보영은 눈이 튀어나올 것처럼 부릅뜨고는 마구 몸부림을 쳐댔다.

정필은 그녀를 보고 앉은 자세에서 두 발목을 잡은 손을 확 끌어당겼다.

"가만히 있지 않을래?"

그는 권보영의 오른쪽 다리를 뒤로 돌려서 등으로 누르고, 왼쪽 다리는 자신의 허벅지에 올려놓고, 왼쪽 팔꿈치로 그녀의 몸을 누른 상태에서 휴대폰을 꺼냈다.

권보영은 두 팔이 등 뒤에 깔려서 수갑이 채워져 있으며 또 두 다리가 벌려져서 정필의 몸을 앞뒤에서 가위처럼 두르고 있는 자세가 되어 있기 때문에 꼼짝도 하지 못하고 끙끙 앓는 소리만 냈다.

저쪽에서 전화를 받자 정필은 중국어로 말했다.

"워스쩡비(나 정필입니다)."

—아! 터터우!

상대 꽁타첸은 반가운 탄성을 터뜨렸다.

—그렇지 않아도 터터우를 한번 만날 일이 있습니다.

"무슨 일입니까?"

―전화로 드릴 말씀이 아닙니다.

"조만간 내가 가든가 사람을 보내겠습니다."

―그러십시오. 그런데 전화하신 용건은 뭡니까?

"내일 밤에 배를 띄워야겠습니다."

―준비해 놓고 기다리겠습니다. 마침 내일 바다 날씨가 아주 좋습니다.

"출발할 때 전화하겠습니다."

정필이 전화를 끊자 김길우가 물었다.

"권보영을 대한민국에 보낼 겁까?"

"그럴 생각입니다."

"으읍… 으으으……."

그 말을 듣고 권보영이 미친 듯이 마구 몸부림을 쳤다.

"그러다가 맞는다."

정필이 나직이 말하면서 왼쪽 팔꿈치로 그녀의 몸을 지그시 꾹 눌렀다.

"으음… 음……."

그러자 권보영은 몸을 바르르 떨면서 몸부림이 잦아들었다.

그렇지만 정필은 모르고 있다. 그의 왼쪽 팔꿈치가 권보영의 아픈 그곳, 즉 사타구니를 강하게 짓누르고 있다는 사실을 말이다.

그것 때문에 권보영은 지독하게 아파서 몸부림은커녕 거의 기절할 지경이었다.

정필 일행이 탄 레인지로버는 골목을 통해서 흑천상사 뒷
마당으로 들어가 곧장 지하 주차장으로 진입했다.

"길우 씨, 30분 후에 출발할 거니까 준비하세요."

"알갔슴다."

정필이 권보영을 안고 레인지로버에서 내리면서 말하자 김
길우는 대답하고 계단으로 달려 올라갔다.

지하 주차장에는 여러 개의 방과 창고가 있는데 정필은 그
중 한곳으로 들어가 권보영을 낡은 긴 소파에 내려놓았다.

"음……."

그런데 어쩐 일인지 권보영이 발버둥치지 않고 얌전하게 소
파에 길게 누우며 나직한 신음 소리를 냈다.

탁!

정필은 이곳에 권보영을 가두어놓고 두만강에 다녀올 생각
이지만 방금 그녀의 신음 소리가 미심쩍어서 확인하려고 불
을 켰다.

권보영은 긴 소파에 늘어져서 작게 몸을 꿈틀거리면서 연
신 신음 소리를 냈다.

"으음……."

정필이 보기에 엄살이 아닌 것 같았다. 더구나 권보영처럼

꼬장꼬장하고 대쪽 같은 여자가 엄살을 부릴 리가 없다.

지익…….

정필이 소파에 앉아서 권보영의 입에 붙인 테이프를 뜯어내자 즉시 권보영의 저주 같은 욕설이 쏟아졌다.

"으으… 이 종간나새끼래… 죽여 버리갔어… 으음……."

그렇지만 평소의 서슬이 시퍼런 욕설이 아니라 신음 소리가 섞인 다 죽어가는 욕설이다.

정필은 권보영에게는 손톱만큼도 온정을 느끼지 않기 때문에 그녀가 아프든 말든 상관하고 싶지 않았다.

"음… 이 종간나새끼래……. 으윽… 맨날 찬 데를 또 차고……. 너 새끼래… 여자 거기에 환장한 거이네……?"

반쯤 신음이 섞인 권보영의 말에는 고통이 진득하게 배어 있었다.

정필은 더듬거리는 그녀의 말을 알아듣고 즉시 시선을 돌려 그녀의 아랫도리를 쳐다보다가 눈살을 찌푸렸다.

검은 계통의 정장 바지를 입고 있어서 몰랐는데 그녀의 아랫도리에서 흘러나온 듯한 피가 소파에 흥건했다. 아니, 소파에서 핏물이 뚝뚝 흘러내려 바닥에 고이고 있었다.

아까 정필은 계단에서 권보영의 사타구니를 걷어찼었는데 그게 결정적이었다.

그리고 연길공안국에서 여기까지 오는 동안 그녀를 조용히

시키려고 팔꿈치로 사타구니를 누르고 있었던 것이 상처와 고통을 가중시켰다.

정필은 잔뜩 눈살을 찌푸리고 권보영의 사타구니를 내려다 보았다.

"으으… 종간나새끼야… 내래 반드시 너 새끼를 죽여 버리 갔어… 나쁜 새끼……."

권보영은 너무 고통스러운지 몸을 부들부들 떨면서도 저주를 그치지 않았다.

정필은 어떻게 할까 잠시 고민하다가 권보영을 안고 밖으로 나가 계단으로 향했다.

권보영이 죽일 년인 것은 분명하지만 이런 식으로 방치하는 것은 아니라는 생각이다.

죽일 땐 죽이더라도 응급 상황은 조치를 취하는 게 옳다. 더구나 살려놓고 정신이 맑아야지만 자신이 당하는 고통을 제대로 느낄 것이 아니겠는가.

정필은 김길우네 집으로 올라가서 곧장 자신의 방 욕실로 들어갔다.

소영은 주방에서 뭔가 하고 있으며, 김길우도 출발 준비를 하고 있는 중이라서 정필이 들어오는 것을 보지 못했다.

다만 거실에서 TV를 보고 있던 우만호가 어리둥절한 표정으로 정필이 지나가는 것을 지켜보았을 뿐이다.

정필은 권보영을 욕실 바닥에 앉히고 바지를 벗겼다가 팬티가 온통 피투성이고 계속 피가 흐르고 있어서 팬티까지 벗겨냈다.

"이 새끼야… 너래 뭐 하는 짓이야……?"

권보영은 아랫도리를 벌거벗고, 욕실 바닥에 퍼질러 앉은 채 오만상을 쓰며 중얼거렸다. 하지만 고통스러워서 얼굴을 찡그린 채 몸을 뒤채지도 않았다.

"옥단카, 문 닫아라."

정필은 파카와 양말을 벗어서 방에 던지고, 바지를 둥둥 걷어 올리면서 옥단카에게 지시했다.

옥단카는 재빨리 바깥의 방문을 닫고 욕실 안으로 들어와서 문을 닫았다.

철컥…….

정필은 권보영의 수갑을 풀어 한쪽 손목에만 채우고, 다른 한쪽을 욕조 끄트머리의 고리에 걸었다.

"야… 이 새끼야… 내래 아파서리 어케 해볼 재간이 없어… 이 수갑 풀지 못하간?"

정필은 샤워기의 온수를 틀고 따뜻한 물이 나오기를 기다렸다가 권보영의 상체를 욕조에 기대게 하여 길게 누이고 아랫도리에 물을 뿌렸다.

"아아… 으으……."

물이 닿자 권보영이 이상한 신음 소리를 내면서 얼굴을 잔뜩 찌푸리고 몸을 떨었다.

권보영의 아랫도리 깊은 곳에는 정말이지 정글처럼 숲이 무성했다. 샤워기로 물을 뿌리니까 정글과 허벅지의 핏물이 깨끗이 씻겼다.

정필은 샤워기를 껐다. 그는 자신이 할 수 있는 일은 여기까지라고 생각하고 권보영을 그대로 놔둔 채 욕실을 나가려고 했다.

그런데 정필이 나가려다가 돌아보니까 권보영의 아랫도리에서 피가 계속 흘러나와 하얀 타일 바닥에 작은 시냇물을 이루고 있었다.

그는 다시 몸을 돌려 권보영 앞에 쪼그리고 앉아 그녀를 완전히 바닥에 눕히고 다리를 활짝 벌렸다.

그러고는 피가 나오는 부위를 보기 위해서 두 손으로 정글을 헤쳐 보았다.

이런 년의 은밀한 곳을 살펴봐야 한다는 것이 께름칙했지만 지금은 어쩔 수가 없는 상황이다.

"이런……."

그의 눈살이 잔뜩 찌푸려졌다. 정글 사이로 드러난 불그스름한 부위에서 피가 흘러나오고 있었다.

뿐만 아니라 그 부위의 겉이 찢어졌으며 거기에서도 피가 흘렀다.

그러니까 그 부위의 안과 밖 모두에서 피가 흐르는 상태다.

정필은 다시 물을 뿌려주면서 물었다.

"보영아, 너 생리하는 거냐?"

소음순이 찢어진 것은 아까 연길공안국에서 발로 걷어차서 그렇다 치고 질에서 흘러나오는 피는 생리 때문일지도 모른다는 생각이다.

그렇지만 그녀의 팬티에 생리대가 부착되어 있지 않았었는데 정필은 그걸 간과했다.

권보영은 너무 고통스럽고 수치스러워서 오만상을 찡그리고 중얼거렸다.

"으으… 종간나새끼… 남조선 에미나이는 생리를 아무 때나 하는 거이니?"

생리를 하는 게 아니라는 뜻의 권보영식 표현 방법이다.

정필은 그렇다고 권보영을 평화의원으로 데려가서 치료를 해주고 싶은 마음은 눈곱만큼도 없다. 더구나 그녀 때문에 시간이 지체되고 있는 게 영 신경 쓰였다.

그는 다시 한 번 샤워기로 물을 뿌려서 피를 씻어내고 그 부위에 깨끗하고 두툼한 수건을 대주었다.

그리고 욕실 내에 무기로 사용할 만한 것이나 수갑을 풀 열쇠가 될 만한 것들을 싹 치우고는 밖으로 나가려고 욕실 문을 열었다.

"야! 최정필 너래……."

정필이 나가려다가 멈추고 뒤돌아보자 권보영이 고통스러운 중에도 독한 눈빛으로 쏘아보았다.

"너 이 새끼… 나를 이렇게 내버려 두고 가는 거이니?"

정필은 몸을 돌려 욕실 고리에 걸어둔 수갑을 풀고는 권보영의 가죽점퍼와 티셔츠, 그리고 브래지어까지 몽땅 벗겨서 나체를 만들고는 조금 전처럼 다시 욕실 고리에 수갑을 채웠다.

"너… 너… 이 새끼래… 어케 나를……."

권보영은 머리 꼭대기에서 발끝까지 완전히 나체가 된 상태에서 독한 표정을 지으며 몸을 움직이려고 꿈틀거렸지만 단지 그것뿐, 격렬한 저항 같은 것은 없었다.

그로 미루어 그녀의 아랫도리 통증은 정필이 생각하고 있는 것 이상인 듯했다.

정필은 밖으로 나가면서 권보영을 돌아보며 험악하게 인상을 썼다.

"한 번 더 나불거리면 거꾸로 매달아 놓을 거다."

"종간나……."

"뭐라고 그랬지?"

권보영은 뭐라고 말하려다가 정필이 몸을 돌려 다가오자

입을 꾹 다물었다.

정필이 탄 레인지로버는 해가 지기 시작할 무렵에 무산 건너편에 도착했다.

정필이 이곳에 오면 늘 차를 대는 언덕 중간쯤에 도요타 랜드크로저가 불을 끈 채 어둠 속에 웅크리고 있었다.

역시 불을 끈 레인지로버가 소리 없이 내려와 랜드크루저 옆에 멈추었다.

척!

두 대의 SUV에서 정필과 김길우, 옥단카, 우만호, 재영, 다혜가 우르르 내렸다.

"왜 늦은 거냐?"

"이런 삭막한 곳에 저런 재미없는 인간하고 둘만 달랑 놔두면 어떻게 하라는 거예요?"

재영이 정필에게 따지고 드는데 다혜가 재영을 가리키며 한술 더 떴다.

"일이 좀 있었습니다."

"뭔데?"

"연길공안국에 체포된 탈북자들을 구했습니다."

"뭐어……?"

"그, 그거 정말이에요?"

재영과 다혜는 깜짝 놀라 정필에게 바싹 다가섰다.

김길우가 싱글벙글거리면서 설명했다.

"장취방이 연길공안국 유치장에 갇혀 있는 탈북자 76명을 모두 터터우께 넘기기로 약속했습니다."

재영과 다혜는 환한 표정을 지으며 기뻐서 어쩔 줄 몰랐다.

"잘했다. 정말 잘했다, 정필아······!"

다혜는 정필을 와락 껴안았다.

"정필 씨, 정말 대단해요."

어둠 속에서 다혜의 두 눈이 반짝거렸다. 눈물을 글썽이고 있는 것이다.

"얼마나 걱정했는지······."

정필은 다혜를 떼어내며 랜드크루저 쪽을 쳐다보았다.

"공변숙은 어디에 있습니까?"

"꽁꽁 묶어서 짐칸에 처박아뒀다."

"어떻게 잡았습니까?"

정필이 중얼거리면서 랜드크루저 뒤쪽으로 걸어가니까 일행이 그 뒤를 따랐다.

"뒤로 접근해서 뒤통수를 한 대 후려갈겨서 기절시켜 차에 싣고 왔지."

"공변숙 일행이 있었을 텐데 어떻게 했습니까?"

재영이 사나운 표정을 지었다.

"흐흐… 개 같은 것들이 달려들기에 권총 뽑아서 휘두르니까 다들 빛의 속도로 도망치더군."

"잘했습니다."

덜컥!

재영이 잔인한 표정으로 히죽거리면서 랜드크루저의 트렁크 문을 열었다.

"이년 벌써 뒈진 건 아니겠지?"

거기에 두툼한 흰 털옷을 입은 여자가 옆으로 웅크린 채 누워 있었다.

눈과 입에 넓은 테이프가 붙여져 있고 손과 발이 밧줄로 꽁꽁 묶여 있다.

"음… 음……."

신음 소리를 내면서 꿈틀거리는 것으로 봐선 깨어나 있었던 것 같다.

정필이 고개를 끄떡이자 재영이 여자의 눈을 가린 테이프를 사정없이 잡아 뜯었다.

지익!

"으으음……."

꽤나 아픈지 여자가 미친 듯이 눈을 깜빡거리면서 신음 소리를 냈다.

칵!

다혜가 플래시를 켜서 여자의 얼굴을 비췄다. 머리가 헝클어졌고, 화장을 하지 않았지만 예쁘장한 용모에 나이는 33~35세쯤 돼보였다.

플래시가 눈에 비춰지자 여자는 눈을 감았다가 잠시 후에 궁금해서 견딜 수 없다는 듯 다시 눈을 뜨고 끙끙 앓는 소리를 냈다.

정필은 여자 공변숙의 눈에 다시 테이프를 붙였다. 그러고는 손목의 밧줄을 풀고 겉에 입고 있는 털옷을 벗긴 후에 다시 손목을 묶었다.

이어서 그녀를 번쩍 들어서 어깨에 걸쳐 메고는 언덕 아래로 내려갔다.

아무도 정필더러 어딜 가느냐고 무얼 할 것이냐고 묻지 않고 그의 뒤를 묵묵히 따랐다.

정필 일행이 줄줄이 언덕을 내려가고 있을 때 눈이 내리기 시작하더니 얼어붙은 두만강에 이르렀을 때에는 제법 눈발이 거세고 굵어졌다.

사박사박…….

정필이 앞서고 일행은 아무 말도 없이 일렬로 두만강을 건너기 시작했다.

이윽고 중국 쪽에서 두만강 복판으로 20m쯤 되는 거리에 멈춘 정필은 주위를 두리번거리다가 한 곳에 공변숙을 내려놓왔다.

"으으… 으음……."

그녀가 꿈틀거리자 정필이 아무 말도 하지 않고 주먹으로 옆구리를 찍었다.

픽!

"끅……."

공변숙이 답답한 소리를 내더니 곧 죽을 것처럼 눈을 허옇게 까뒤집었다.

그러나 정필은 개의치 않고 그녀를 약간 엎드리게 하여 옆으로 누운 자세를 취하게 했다.

3분쯤 공을 들인 덕분에 공변숙은 두만강 한가운데 얼음 위에 특이한 자세로 누워 있게 되었다.

"음… 음……."

공변숙은 연방 신음 소리를 내면서도 맞는 것이 두려운지 움직이지 않았다.

지켜보고 있는 재영과 다혜, 옥단카, 우만호는 정필이 무얼 하고 있는지 알아차리지 못했다.

그렇지만 김길우는 정필이 공변숙을 두만강 한가운데로 메고 와서 얼음 위에 눕히는 순간 그가 무엇을 하려는 것인지 눈치챘다.

김길우가 알고 있는 바에 의하면, 정필이 연길에서 탈북자들을 돕고 구하는 일을 하게 된 계기는 두 가지다.

첫째가 은애의 혼령 때문이고, 둘째가 두만강 한가운데에서 얼어 죽은 여인 때문이었다.

그 당시 정필은 두만강에서 얼어서 죽은 여인을 발견하고 큰 충격을 받아 그녀 앞에 앉아서 한참 동안이나 통곡을 했었고, 김길우와 함께 그녀의 시신을 파내서 연길로 데려가 장례를 치러주었다.

김길우가 봤을 때 정필은 공변숙을 그때 얼어서 죽은 여인처럼 똑같이 얼려서 죽이려는 것 같았다.

정필은 공변숙을 그대로 놔두고 일어나서 뒤로 물러나 물끄러미 지켜보았다.

눈은 점점 세차게 내려서 함박눈으로 변했다. 정필 일행은 그 자리에서 침묵을 지키면서 5분 동안 움직이지 않고 공변숙을 바라보기만 했다.

정필은 아무 말도 하지 않았지만 김길우는 그의 소리 없는 외침을 들을 수 있었다.

'굶주리는 가족을 위해서 두만강을 넘다가 이 자리에서 쓰러져 서서히 얼어서 죽어가던 이름도 모르는 그 어떤 여자의 고통을 너도 느껴봐라! 네 더러운 몸뚱이의 세포들이 하나씩 얼어갈 때마다 뉘우침의 눈물을 흘리면서 참회해라!'

공변숙은 꿈틀거렸으나 손발이 묶이고 눈과 입에 테이프가 붙여져 있기 때문에 제자리에서 엎치락뒤치락하는 정도에 불과했다.

이윽고 정필이 발길을 돌리자 모두들 그를 따라서 중국 쪽 언덕에 주차해 놓은 차로 돌아왔다.

석철이 두만강을 건너왔다.

일행은 레인지로버에 앉아서 소영이 싸준 따뜻한 찌개를 안주 삼아서 한국산 소주를 마셨다.

술을 마시는 동안 다혜가 석철에게 공변숙에 대해서 설명을 해주었다.

"고거이 아주 찢어죽일 년이구만 기래?"

석철은 말을 듣는 것만으로도 분노했다.

"그런 개쌍년 나한테 걸리면 살지도 죽지도 못하게 만들어 버리갔어."

"그 여자가 살아 있다면 나중에 너한테 넘기마."

정필의 말에 소주를 받던 석철이 어리둥절했다.

"정필이, 너 고거이 무시기 말임매?"

"이따 보여주마."

"그년을 나한테 보여준다는 말이니?"

"그래."

정필은 우만호를 가리켰다.

"석철아, 만호 데려가라."

석철은 손을 뻗어 우만호의 머리를 쓰다듬었다.

"기래, 만호 때문에 정필이가 애 많이 썼다."

"애는 무슨……."

정필이 김길우에게 고개를 끄떡이자 그가 레인지로버 앞자리 뒤쪽 포켓에서 예쁘게 포장된 조그만 상자 하나를 꺼내 정필에게 주었다.

"만호야, 이거 중대장 갖다 줘라."

"이거이 뭘까?"

"시계 하나 샀다. 중대장 주면 좋아할 거다."

우만호는 깜짝 놀랐다가 눈물을 글썽거리면서 두 손을 내밀어 상자를 받았다.

"정필 형님……."

우만호는 목이 메어서 아무 말도 하지 못했다. 사실 우만호는 20일 가까이 탈영을 한 상황이라서 석철이가 아무리 중대장에게 말을 잘해두었다고 해도 귀대하면 한 번 치도곤을 당해야만 한다.

그런데 우만호가 정필이 준 시계를 중대장에게 슬쩍 건넨다면 모르긴 해도 무사히 넘어갈 가능성이 크다.

정필이 시계를 샀다면 북한에서는 구경하기도 어려운 고급일 것이다. 그걸 받고 입이 찢어질 중대장 얼굴이 우만호의 눈에 선했다.

지금 돌이켜서 생각해 보면 우만호는 정필이 아니었으면 자기 하나 죽는 건 고사하고 줄초상을 당할 뻔했었다.

청산촌 산속 동굴 속에 은하, 은희 자매와 함께 숨어 있다가 꼼짝없이 보위부에게 붙잡혀서 북송됐더라면 고향 청진에 계신 부모님은 영문도 모른 채 정치범수용소로 끌려갔을 것이다.

"석철아, 무산에서 제일 힘 있고 높은 사람이 누구냐?"

정필이 뜬금없이 불쑥 묻자 석철은 생각할 것도 없다는 듯 즉답했다.

"고거이 물어보나마나 무산군 당책임비서 아니갔네?"

"그 사람에 대해서 좀 알아봐라."

석철은 조금 긴장한 얼굴로 물었다.

"뭐이를 어드르케 알아보라는 거이야?"

"괜찮으면 내가 그 사람을 한번 만나려고 그런다."

"뭐이야?"

석철이는 놀라서 벌떡 일어나는 바람에 그릇에 들고 있던 찌개를 쏟았다.

정필이 무산군 당책임비서를 만나겠다는 말에 비단 석철이만 놀란 게 아니라 김길우와 재영, 다혜, 우만호까지 모두 크게 놀랐다.

"정필이, 너 어카려고 그러니?"

"뭘 좀 생각해 둔 게 있어서 그란다."

석철은 정필이 말을 아끼려고 하는 것을 느끼고 더 캐묻지 않았다.

하지만 그가 무산군 당책임비서에 대해서 알아보라고 하는 것이 탈북자들 그리고 더 나아가서 북조선 인민들을 위하는 일이라고 믿었다. 정필한테서 탈북자를 빼면 아무것도 남지 않는다.

"알았다이. 내 알아보갔다."

소주 3병을 옥단카를 제외한 5명이 나누어 마시고 나자 밤 9시가 되어 정필 등은 차에서 내렸다.

"정필 형님, 드릴 말씀이 있습다."

이제 석철을 따라서 두만강을 건너가야 하는 우만호가 한 적한 곳으로 정필을 이끌었다.

정필은 무슨 말이냐고 우만호를 채근하지 않고 담배를 꺼내 한 개비씩 입에 물고 불을 붙였다.

"돌아가는 게 무섭니?"

"고거이 아임다."

"후우… 너희 부모님 일은 나도 알아볼 테니까 너도 너 나름대로 알아봐라. 그래서 좋은 방법이 나오면 그쪽으로 시도

해 보자."

"고맙슴다."

우만호는 담배를 거의 피우지도 않고 손가락 사이에서 다 태우고 있다.

"저… 정필 형님."

"응?"

우만호는 담배를 바닥에 버리고는 마른침을 꿀꺽 삼키면서 속에 있는 것을 다 말하기로 작정했다.

"사실은… 형님 집에 제 누님이 있슴다."

"내 집에 네 누님이?"

"그렇슴다. 우승희가 제 친누님임다."

정필은 어이없다는 표정을 지었다. 두 사람이 희성인 '우 씨'라는 걸 생각하면 먼 친척이라도 되지 않을까 하고 추측이라도 했겠지만, 정필은 두 사람의 성이 같다는 생각마저도 해본 적이 없었다.

"그랬구나."

우만호는 자신이 알고 있는 우승희에 대해서 정필에게 다 설명해 주었다.

김길우네 집에서 우만호가 누나 우승희를 처음 만났던 날 그녀는 동생에게 자신의 임무, 즉 검은 천사인 정필을 제압해서 회유하거나 죽여야 한다는 것에 대해서 사실대로 고백했었다.

"제가 정필 형님한테 이런 말을 하는 거는 말임다. 형님도 살리고 누님도 살리기 위해서임다."

우만호가 이런 얘기를 해주지 않았을 경우에는 우승희가 암살을 시도했을 때 정필이 제압당하거나 죽을 수 있다.

그 반대로 우승희가 암살을 시도하다가 실패를 한다면 정필에게 오히려 죽음을 당할 수도 있다.

최선의 선택은 우승희가 정필을 암살하려는 임무를 스스로 포기하는 것인데 우만호의 말을 들어보면 가능성은 반반인 것 같다.

그러니까 우만호의 생각은 자신이 우승희의 실체를 먼저 정필에게 실토함으로써 정필과 우승희 두 사람 모두 살리겠다는 것이다.

"정필 형님, 희야 누님 죽이지 마시라요."

정필은 우만호의 어깨를 두드렸다.

"알았다, 약속하마."

우만호는 다른 사람은 몰라도 정필의 말은 철석같이 믿는다. 더구나 그는 '약속'까지 했다. 우만호는 정필에게 꾸벅 허리를 굽혔다.

"고맙습다, 형님."

정필 일행은 다시 두만강으로 내려갔다. 눈이 얼마나 많이 펑펑 내리는지 캄캄한 어둠 속에서 1m 앞조차 보이지 않을 정도다.

정필 일행은 플래시를 켜서 바닥을 비추면서 천천히 전진했다. 석철의 말로는 이런 날씨에 플래시를 켜도 북한 국경수비대 초소에서 보이지 않는다는 것이다.

정필은 자신이 중국 쪽 두만강 강가에 정해놓은 표식을 따라 일직선으로 똑바로 걸어가면서 플래시로 바닥을 비추면서 공변숙을 찾아보았다.

그는 공변숙을 두만강 얼음 위에서 얼려 죽일 생각이 아니다. 그렇게 죽이는 것은 너무 간단하기 때문이다.

공변숙을 두만강 얼음 위에 눕혀놓은 지 얼추 2시간 정도 지났다.

그녀는 옷을 입고 있는 상태이기 때문에 그 정도로는 죽지 않았을 것이다.

다만 극심한 공포와 추위 속에서 무언가를 처절하게 깨닫고 뉘우쳤기를 바란다.

그렇지만 이런 극심한 눈보라 속에서는 공변숙을 찾지 못할 확률이 크기 때문에 그럴 경우에는 어쩔 수가 없이 포기해야만 한다.

그러면 공변숙은 예전에 정필이 우연히 발견했던 얼어서 죽은 그 여자처럼 나중에 어느 누군가에게 얼어 죽은 시체로 발견될 것이다.

김길우와 재영, 다혜, 우만호까지 절뚝거리면서 발로 얼음 바닥을 더듬으면서 걸어가고 있는 모습이 공변숙을 찾고 있는 것 같다.

벌써 눈이 무릎까지 쌓여서 발이 푹푹 빠지는 상황이라 엎드려 있는 공변숙을 찾는 것은 아무래도 포기해야 할 것만 같았다.

"이자 그만 돌아가라우."

아무것도 모르는 석철은 정필 등이 자신을 배웅하는 줄 알고 그만 돌아가라고 성화다.

툭…….

그때 정필의 발끝에 뭔가 걸렸다. 그는 발로 가볍게 앞쪽을 툭툭 차보더니 즉시 그 자리에 앉아 수북하게 쌓인 눈을 털어냈다.

일행이 플래시를 비추고 있는 가운데 눈을 뒤집어쓴 공변숙이 나타났다.

그녀는 동사(凍死)했는지, 기절했는지 꼼짝도 하지 않았다.

"이거이 뭐이니?"

석철은 한참 들여다보고야 그게 사람이라는 사실을 알고

화들짝 놀랐다.

"아까 말한 그 여자다."

"변손가 측간인가 하는 그 에미나이 말이니?"

"그래."

"이런 쌍간나 에미나이……."

철컥!

석철은 메고 있던 소총을 벗겨 공변숙에게 겨누고 노리쇠를 후퇴시켰다.

"그러지 마라."

정필이 말렸다.

"이 에미나이 얼어 죽은 거니?"

"아직 모르겠다."

정필이 공변숙을 만져보자 마치 박제를 만지는 것처럼 몸이 단단하게 굳었다.

그가 공변숙 목의 맥을 짚어보려는데 그녀가 몸을 꿈틀거리면서 미약한 신음 소리를 냈다.

"으… 음……."

"아직 살았구만기래."

석철은 정필에게 물었다.

"너래 아께 보여주겠다던 에미나이가 이년이지?"

"그래."

"이 에미나이 나 준다고 기리지 않았니?"

정필이 뭐라고 하기도 전에 석철이 다시 소총을 공변숙에게 겨누었다.

철컥!

"이런 년은 볼 거 없이 그냥 쏴죽이면 되는기야."

공변숙이 움찔 몸을 떨었다. 얼어 죽었어도 이상하게 생각하지 않을 혹독한 상황에서 살아남은 그녀의 생존 본능은 예상 밖으로 강했다.

"그건 나중이다."

정필이 말하고 나서 공변숙을 안으려고 하자 재영이 말없이 나서 그녀를 번쩍 안았다.

정필은 우만호 어깨에 손을 얹었다.

"잘 가라. 또 보자."

"잘 가시라요, 정⋯⋯."

우만호는 정필 이름을 부르려다가 다혜가 손가락을 입에 대는 것을 보고 급히 말을 멈췄다.

정필은 공변숙을 절대로 살아서 대한민국으로 돌려보낼 생각이 없지만 사람의 일이란 알 수가 없는 것이다. 정필과 같은 생각인 다혜가 우만호를 말린 것이다.

"전화하꼬마."

석철이 말하고 돌아서는데 정필이 그의 손에 조그만 손가방 하나를 쥐어주었다.

"이거이 뭐네?"

석철이 의아한 얼굴로 돌아보자 벌써 정필 일행의 모습은 눈보라 속에 묻혀서 보이지 않았다.

직—

손가방을 열어본 석철은 크게 놀라서 한동안 꼼짝도 하지 않았다.

손가방 안에는 100위안짜리 지폐 다발이 10개 정도 빼곡하게 담겨 있었다.

100위안짜리 지폐 다발 10개면 10만 위안으로 어마어마한 액수다.

만약 석철이 마음을 고쳐먹는다면 이 돈으로 평생 호의호식할 수 있을 것이다.

정필이 아무 말도 하지 않고 건네주고 갔지만 석철은 이 돈으로 무엇을 하라는 것인지 잘 알고 있다. 무산의 굶주린 사람들을 도우라는 뜻이다.

석철은 심하게 눈보라가 치고 있는 중국 쪽을 바라보면서 중얼거렸다.

"내래 정필이 널 위해서라면 말이야. 죽는 거이 조금도 아깝지 않아야."

따스한 히터 덕분에 공변숙의 얼었던 몸이 풀렸다.

레인지로버를 다혜가 운전하고 조수석에는 정필과 옥단카가, 뒷자리에는 재영과 공변숙이 타고 있다.

콧속이 얼어붙었다가 녹은 공변숙은 연신 코를 벌름거리면서 숨쉬기하는 데 바빴다.

지익!

"음……."

재영이 그녀를 똑바로 눕혀서 입에 붙은 테이프를 거칠게 잡아 뜯자 그녀는 낮은 신음 소리를 냈다.

"하악… 학학학……."

입이 열린 공변숙은 가쁜 숨을 몰아쉬었다. 그녀는 베드로의 집 근처에서 재영에게 뒤통수를 얻어맞아 납치된 이후에 입에 붙은 테이프가 처음으로 제거되었다.

"아아… 도대체 누구십니까……. 저한테 왜 이러시는 겁니까……. 제가 무슨 잘못을 저질렀나요……?"

그녀는 한동안 숨을 몰아쉬더니 허공에 대고 불분명한 발음으로 중얼거렸다.

얼어서 죽지는 않았다고 하지만 영하 25도의 두만강에서 차디찬 얼음 위에 엎드려 있었기 때문에 몸의 기능이 최저로 떨어진 상황이다.

찰싹!

"앗!"

공변숙의 머리 쪽에 앉은 재영이 귀싸대기를 냅다 후려갈기자 그녀가 짧은 비명을 질렀다.

"아가리 닥쳐라."

"서… 선생님… 뭔가 오해가 있으신 모양……."

픽!

"끅!"

재영이 주먹으로 옆구리를 찍자 공변숙은 몸을 바르르 떨더니 숨넘어가는 신음 소리를 냈다.

"흐으윽! 하아아… 제… 제발 때리지 마세요……."

"이런 씨팔년이 아직도 정신을 못 차리고 주둥이를 나불거리고 있어?"

퍽퍽!

재영은 방금 때린 옆구리를 두 대 더 쥐어박았다. 물론 힘껏 때리면 갈비뼈가 부러질 수도 있고, 심하면 죽을 수도 있기 때문에 힘을 주지 않고 살짝 때렸다.

하지만 그 정도 위협만으로도 공변숙을 죽음의 공포 속으로 몰아넣기는 충분했다.

공변숙은 끅끅거리는 소리를 내고 몸을 바들바들 떨면서 가만히 있었다.

재영과 다혜가 레인지로버에 타고 자기들이 타고 온 랜드크루저를 김길우더러 운전하라고 시킨 것은 두 사람이 공변숙에게 린치를 가하기 위해서였다.

두 사람이 탈북자들을 괴롭히는 공변숙에게 린치를 가하지 않으면 미쳐 버릴 것 같다는 말에 정필이 허락을 했다.

"공변숙."

"……."

재영이 불렀으나 공변숙은 몸을 와들와들 떨고만 있을 뿐 대답하지 않았다.

"이 쌍년이!"

짝!

"악!"

"부르면 대답을 해야 할 것 아냐? 이 개년아!"

말하면 가차 없이 때리기 때문에 쥐 죽은 듯이 조용하고 있었던 것인데 이제는 대답을 하지 않는다고 뺨을 얻어맞은 공변숙이다. 도대체 어떻게 해야 맞지 않을지 갈피를 잡을 수가 없다.

"공변숙."

"아… 네……."

재영이 일장연설을 하듯 말했다.

"어떤 북한 여자가 얼어붙은 두만강을 건너서 중국에 오려다가 실수로 미끄러져서 넘어져 그 자리에서 그대로 얼어서 죽었다."

"네⋯⋯."

"아까 너 개 같은 년이 두만강에서 엎드려 있던 바로 그 자리였다."

"⋯⋯."

공변숙은 그제야 비로소 자신이 얼어 죽을 뻔했던 장소가 두만강이라는 사실을 알게 되었다.

그리고 이 낯선 남자가 도대체 무슨 얘기를 하는 것인지 온 정신을 집중했다.

마치 이 남자의 설명을 잘 듣고 제대로 대답을 해야지만 살아날 길이 있는 것처럼 말이다.

"그 여자가 무엇 때문에 두만강을 건너서 중국에 오려고 했을 것 같으냐?"

"⋯⋯."

짝!

"악!"

"묻고 있잖아, 쌍년아!"

재영이 가차 없이 뺨을 후려 갈겼다.

"아아⋯⋯."

조금 전까지만 해도 두만강에서 얼어 죽을 뻔했으며 손발이 묶이고 눈에는 테이프가 붙여져 있어서 입만 겨우 열려 있는 상태인 공변숙은 극도의 공포 때문에 누운 채 오줌을 질질 쌌다.

"어? 이 개년이 오줌을 싸?"

짝짝짝!

"악! 아앗!"

재영이 공변숙의 양쪽 뺨을 정신없이 갈기고 있는 데도 그녀는 오줌 싸는 것을 멈추지 않았다.

입고 있는 바지는 물론이고 차 시트까지 다 젖어서 오줌이 아래로 흘러내렸다.

다혜가 신경질적으로 소리쳤다.

"그 개년 때려죽여!"

공변숙의 코와 입에서 피가 질질 흘렀고 얼굴이 벌겋게 퉁퉁 부었다.

"다시 묻겠다. 그 여자는 무엇 때문에 두만강을 건너서 중국에 오려고 했을까?"

"머, 먹을 것을 구하려고요……."

"그 여자는 북한에 가족이 있었을까, 없었을까?"

"……."

짝!

"악! 이… 있었을 거예요……."

공변숙은 뺨을 한 대 얻어터지고서야 대답을 했다.

재영은 잔인한 미소를 지으면서 공변숙의 머리를 부드럽게 쓰다듬었다.

"자. 이번에는 매우 중요한 질문이다. 그렇지만 넌 똑똑한 변호사고, 빨갱이니까 잘 맞출 거라고 믿는다."

영리한 공변숙은 납치범들이 자신의 신분을 알고 있다는 사실을 깨달았다.

그리고 범인은 최소한 두 명 이상이고, 여자가 한 명 끼어 있으며, 계획적인 데다 기동성이 있고, 제법 조직적인 것 같기도 했다.

"두만강을 넘어서 중국에 온 북한 여자들 중에서 80%가 무슨 일을 당하는데 그게 뭐냐?"

"……"

짝!

"악!"

대답이 늦어지자 가차 없이 귀싸대기가 날아왔으며 공변숙은 비명을 지르면서도 정답을 골똘하게 생각했다.

"다시 묻겠다. 중국에 온 북한 여자들……."

"인신매매에요."

공변숙은 맞지 않으려고 결사적이다.

재영의 질문이 이어졌다.

"인신매매단에 납치된 북한 여자들은 어떻게 될까?"

"팔려갑니다."

"어디로?"

"술집이나… 중국 시골의 남자들에게……."

탈북자들이라는 것이 사실은 안기부가 중국에서 납치해 왔다고 주장하면서 한유선 모녀와 안기부 요원을 법정에 세워야한다고 생떼를 썼던 공변숙은 사실 탈북자들의 실상에 대해서 잘 알고 있었다.

그녀가 대한민국에서 주장하던 것을 지금 이 자리에서 되풀이하지 못하는 것은 이곳이 법도 그 무엇으로도 그녀를 보호해 주지 못하는 치외법권(治外法權) 상황이기 때문이다.

만약 그녀가 대한민국에서 했던 것 같은 행동을 지금 똑같이 되풀이한다면 모르긴 해도 이 피도 눈물도 없는 무뢰한들이 당장 때려죽이려고 달려들 것이 분명하다.

아이러니하게도 공변숙은 대한민국에서 대한민국의 법을 부정하는 행동을 일삼았으면서도 아무 일이 없었는데, 지금은 대한민국의 법이 미치지 않는 법망(法網) 밖에서 괴한들에게 린치를 당하고 있다.

재영은 빙그레 미소 지었다.

"네년이 갈 곳이다."

"……."

"골라라. 원하는 곳으로 보내주마."

"어… 어디를……."

"네년이 방금 말했잖아? 술집이나 중국 시골의 남자에게 팔려가는 것 말이다. 그중에서 네년이 가고 싶은 곳을 말해라. 그럼 그곳으로 보내주겠다."

"아아……."

"대답하지 않으면 내 마음대로 보내주겠다."

공변숙은 온몸을 와들와들 떨면서 지금 자신에게 벌어지고 있는 일이 제발 꿈이기를 간절하게 기도했다.

"무섭니?"

그때 재영이 다소 누그러진 목소리로 묻자 공변숙은 왈칵 눈물이 쏟아졌다.

"네… 네… 무서워 죽겠어요……."

재영은 공변숙의 머리를 쓰다듬었다.

"북한 여자들이 먹을 것을 구하러 두만강을 넘어왔다가 인신매매단에게 붙잡혀서 어디론가 끌려갈 때 꼭 지금의 너 같은 심정이었을 거다."

"……."

"네년이 대한민국 안기부가 납치했다고 주장했던 바로 그 여자들은 지금 네년 같은 심정으로 여기저기 개처럼 팔려갔다는 말이다."

"흐으으……."

공변숙은 짐승 같은 소리를 내면서 울었다. 그것이 참회의 눈물인지, 두려움의 눈물인지 모르겠지만 어쨌든 무언가를 깨달은 것만은 분명한 것 같았다.

어쨌든 재영이 몇 번 더 물어봐서도 공변숙이 대답을 못 하기에 재영은 그녀를 중국 시골구석의 노총각에게 팔기로 결정했다.

정필은 재영의 결정을 존중하여 그대로 실행에 옮겼다.

그렇다고 공변숙을 직접 중국 남자에게 돈을 받고 판 것이 아니라 평소에 알고 있던 탈북 브로커에게 부탁을 했다.

탈북 브로커는 공변숙의 나이가 36살로 늙었지만 그래도 용모가 조금 뒷받침이 된다면서 6천 위안을 받고 삼 형제가 다 장가를 못 간 집에 팔아넘겼다. 참고로 삼 형제의 막내는 43살이고, 큰형은 52살이다.

공변숙이 삼 형제 중에서 누구의 부인이 될지 아니면 삼 형제 모두의 공동 부인이 될지는 삼 형제가 머리를 맞대고 의논해서 결정할 일이다.

2월 14일, 새벽 2시 15분.

연길공안국 유치장 앞마당에 공안 버스 두 대가 서 있고 유치장에서 줄줄이 나온 탈북자들이 공안 버스에 태워지고 있다.

공안들이 삼엄하게 지키고 있는 가운데 공안 버스에 타고 있는 탈북자들 중에서 울지 않는 사람은 남자 몇 명뿐 거의 대부분이 울고 있었다.

어제 베드로의 집에서 체포된 76명의 탈북자 중에서 남자는 8명뿐이고, 62명이 여자이며, 6명이 아이들이다.

이들 탈북자들은 자신들이 북송되기 전에 감금되는 도문변방대로 가기 위해서 공안 버스에 태워지고 있는 것이라는 생각에 패닉 상태에 빠졌다.

왜냐하면 북한에서는 기독교를 죄악시해서 성경책을 지니고 있거나 목사를 만난 사람은 무조건 총살당하기 때문이다.

그런데 이들은 목사가 운영하는 베드로의 집에 숨어 있다가 체포됐으므로 북송되면 기적이 일어나지 않는 한 모두 총살될 수밖에 없는 처지다.

8명의 남자들 중에는 장중환 목사가 끼어 있었고, 그는 울지 않는 남자들 중에 한 명이다.

장중환 목사는 엄연한 대한민국 국민으로서 중국에서 탈북자들을 구출하고 돕는 일을 하다가 체포됐으므로 중국에서 추방되거나 아니면 중국 법정에 세워져서 실형을 선고받는 것이 적법하다.

그런데 장중환 목사도 탈북자들과 똑같이 공안 버스에 태위지고 있다는 사실이 이상했다. 하지만 탈북자들은 자신들 코가 석 자나 빠져 있는 상황이라서 장중환 목사에 대해서 신경을 쓸 경황이 없었다.

장중환 목사는 자신도 탈북자들과 함께 도문변방대에 감금됐다가 북송되는 것이라고 추측했다.

하지만 거기에 대해서 공안들에게 항의하지 않았다. 탈북자들이 북송되면 모두 총살형을 당할 텐데 자기 혼자만 살자고 항의하는 것 같기 때문이다.

제58장
피 무지개

　정필은 집에 돌아오자마자 권보영이 있는 자신의 방 화장
실로 곧장 향했다.

　탁!

　그가 화장실에 들어가서 불을 켜자 욕조 옆의 바닥에 거의
눕듯이 기대 있던 권보영이 움찔 놀라서 꿈틀거리며 몸을 일
으켰다.

　벌거벗고 있는 권보영은 욕조 끄트머리 고리에 수갑이 채워
진 한 팔을 뻗은 채 최대한 상체를 일으켰지만 여전히 비스듬
히 누워 있는 자세다.

"최정필이, 너 이 종간나새끼……."

그녀는 정필을 보자마자 잡아먹을 것처럼 으르렁거렸다.

정필은 그녀의 말을 묵살하고 그녀의 아랫도리 깊은 곳을 내려다보았다.

아까 그가 갈 때 권보영이 피를 많이 흘리고 있었는데 지금까지도 그런 상태라면 평화의원에라도 데려가야 하기 때문이다.

그가 그녀의 하체 쪽에 웅크리고 앉아서 살펴보려는데 느닷없이 그의 얼굴로 그녀의 오른발이 날아왔다.

턱!

정필은 왼팔을 들어 막았지만 발길질이 워낙 강력해서 상체가 오른쪽으로 기우뚱했다.

그러자 기회를 잡은 권보영이 맹렬하게 두 발로 정필의 얼굴과 상체를 마구잡이로 내지르고 걷어찼다.

퍼퍽!

정필은 두 팔로 급히 얼굴을 가렸지만 순식간에 어깨와 옆구리에 두 대를 얻어맞았다.

그가 두 팔로 가드를 한 상태로 밀고 들어가자 권보영의 오른손 주먹이 허공을 가르며 아래에서 파고들어 턱을 강하게 올려쳤다.

딱!

정필은 고개가 덜컥, 하고 뒤로 젖혀지면서 순간적으로 머릿속이 텅 비어버렸다. 그러면서 권보영이 이대로 계속 공격한다면 속수무책으로 당하고 말 거라는 생각과 너무 방심했다는 후회가 교차했다.

그런데 권보영은 더 이상 주먹질도 발길질도 가하지 않았다. 아니, 못했다.

그녀의 턱 밑에 예리한 단검 끝이 찌를 것처럼 겨누어져 있기 때문이다. 그 단검을 잡고 있는 사람은 옥단카였다.

만약 옥단카가 옆에 없었다면 정필은 낭패한 꼴을 당했을지도 모른다.

옥단카가 옆으로 기울어져서 벽에 기대고 있는 정필을 힐끗 쳐다보았다가 다시 권보영을 쏘아보며 중얼거렸다.

"준샹, 이년 죽이고 싶어요."

옥단카의 단검 끝이 권보영의 목을 살짝 찔러서 핏방울이 목을 타고 흘러내리고 있었다.

몸을 일으켜서 머리를 세차게 흔들고 난 정필이 부드럽게 웃으며 옥단카의 엉덩이를 툭툭 두드렸다.

"나중에 죽이게 해주마."

"이년 심장을 꺼내서 먹을 거예요."

옥단카의 한국말은 비약적으로 발전했다.

"그렇게 하면 저승에도 못 가. 우리 묘족 전통이에요."

"알았다."

정필이 권보영 발치에 무릎을 꿇고 그녀의 양쪽 정강이를 자신의 양쪽 무릎으로 꾹 눌렀더니 그녀는 꼼짝도 하지 못했다.

그 상태에서 다리를 넓게 벌리고 은밀한 곳을 살펴봤더니 피는 멈춰 있고 아까 그녀 엉덩이 아래에 깔았던 수건은 피에 흠뻑 젖어 있었다.

손으로 수북한 털을 헤치고 안쪽을 자세히 보려고 하자 그녀가 몸을 뒤틀며 손을 뻗어 그곳을 가렸다.

퍽! 퍽!

"끄윽……."

정필은 아무 말도 하지 않고 주먹으로 그녀의 옆구리를 두 번 짧게 찍었다.

그녀는 몸을 푸드득 떨면서 숨넘어가는 소리를 끅끅 내더니 정필이 자신의 음부를 살피는 데도 더 이상 가리려거나 몸을 뒤채지도 않았다.

그녀의 외음부에 난 상처는 피가 엉겨 붙어 있어서 어떤 상태인지 자세히 알 수가 없다.

"옥단카, 이년 옷 가져와라."

정필의 말에 옥단카가 재빨리 화장실 밖으로 달려 나갔다.

권보영은 옆구리의 통증 때문에 일그러진 얼굴로 정필을 쳐다보며 내뱉었다.

"너 이 새끼 나를 참말로 남조선에 보낼 거이니?"

"그래. 늦어도 모레 이맘때쯤이면 너는 대한민국 안기부 취조실에 앉아 있을 거다."

권보영 얼굴이 보기 싫게 일그러졌다.

"이… 이런 종간나새끼래……."

"북한 함경북도 보위부 소속 연길 지부 중대장이라면 안기부에서도 군침을 흘릴 거다."

권보영은 독한 눈빛으로 정필을 노려보면서 입술을 잘근잘근 깨물다가 흐릿한 미소를 지었다.

"내래 남조선에 끌려가겠지만 너 새끼도 몸조심하는 거이 좋을 거이야."

옥단카가 아까 벗겼던 권보영의 옷을 갖고 왔다.

정필은 권보영을 위해시에서 꽁타첸의 배에 태워서 대한민국으로 보낼 생각이다.

그녀를 죽일 건지, 어떻게 할 것인지 많이 궁리를 해봤지만 그게 제일 좋은 방법일 것 같았다.

"공화국에서리 가장 뛰어난 병사가 너 새끼래 죽이려고 연길에 왔다는 말이다. 기니끼니 너 새끼래 목숨도 며칠 못 가서 끝장이라는 말이다."

정필은 170㎝의 늘씬하면서 약간 마른 듯한, 그러면서도 유방과 허리, 엉덩이의 볼륨이 풍만하고 잘빠진 권보영을 쳐다보며 히죽 웃었다.

"보영이 네가 말하는 공화국에서 가장 뛰어난 병사가 폭풍 군단 벼락여단 소속 우승희 중사냐?"

"어… 너……!"

권보영은 너무 놀라서 눈을 휘둥그렇게 떴다.

"너… 너래… 우승희를 어케 아는 거네?"

"승희 여기에서 잘 지내고 있다."

"이… 이……."

권보영은 놀라고 기가 막혀서 말을 잇지 못하고 몸을 부들부들 떨었다.

"우승희 그 개쌍년이래 공화국을 배신했구마이……."

하지만 그녀는 놀라운 정신력으로 충격과 당황함을 삭이고 외려 반격에 나섰다. 그녀는 입가에 묘한 미소를 지으면서 정필을 쳐다보았다.

"내래 곰곰이 생각해 봤는데 말이야. 내 생각에 최정필이 너 새끼가 검은 천사인지 미카엘인지 하는 그 반동 새끼인 것 같다는 말이야."

정필은 속으로 움찔 놀랐으나 겉으로 드러내지 않고 권보영의 다리 한쪽을 바지에 넣었다. 팬티는 아까 피에 젖어서 입지 못하는 상태가 됐다.

그렇다고 소영이나 다른 여자들에게 팬티를 한 장 달라고 하는 건 성가시고 귀찮았다.

"내 말이 틀리니? 너래 검은 천사 앙이니?"

정필은 아무 말도 하지 않고 권보영의 나머지 발 하나를 바지에 집어넣었다.

"너 이 종간나새끼래 북조선에서 넘어온 에미나이들 구한다고 중국 땅 쑤시고 댕기는 검은 천사 너래 맞지 앙이 함매?"

정필은 가타부타 아무 말도 하지 않았지만 지금 분위기상으로 봤을 때 그의 침묵은 자신이 검은 천사라는 사실을 인정하는 것이나 다름이 없었다.

그렇더라도 상관없다는 생각이다. 어차피 권보영은 이걸로 끝장이다. 영원히 북한 보위부 대위로는 돌아가지 못할 테니까 말이다.

권보영은 자신의 처지를 잊은 듯 정필을 비웃었다.

"아하하! 너래 그 에미나이들 을매나 더럽고 파렴치한 년들인지 알고나 구하는 거네?"

그녀는 지금 자신이 할 수 있는 것, 말로써 정필을 약 올리는 일에 매달렸다.

"하하하! 그 에미나이들 여기 중국에서 술 팔고, 몸 팔고 돈이라면 환장한 년들이야! 너래 무시기 정성이 뻗쳐서 그딴 지저분한 년들을 구하갔다고 지랄이야?"

정필은 권보영의 바지를 다 입혔다.

"입 닥쳐라."

정필이 조용한 목소리로 경고했지만 권보영은 그가 틀림없이 속으로는 부글부글 끓고 있다고 판단하여 눈을 희번덕이면서 떠들어댔다.

"야! 최정필, 검은 천사. 너 우리가 북조선 에미나이들 체포하면 어카는지 알고나 있니?"

정필은 권보영의 팔을 잡아서 티셔츠에 쑤셔 넣었다.

"에미나이들이 우리 연길 보위부에 잡혀오면 보위부 남자들이 일단 맛을 보여준다는 말이다. 너래 맛을 보여주는 거이 무스갠 줄 아니?"

권보영은 킬킬거렸다.

"내 부하들이 에미나이들을 겁탈한다는 거이야. 그거이 남조선 말로는 강간이라고 하네?"

정필은 다른 것은 다 참을성이 강해도 탈북자들에 대해서만큼은 그렇지가 못하다. 그는 권보영을 두들겨 패주고 싶은 것을 간신히 참았다.

"그 여자들이 너희들한테 무엇을 잘못했다고 강간을 하는 거냐?"

권보영은 정필이 걸려들었다는 생각에 의기양양했다.

"그 에미나이들이래 공화국을 버리고 중국에 와서리, 몇 푼돈을 벌려고 떼놈들한테 가랑이를 벌리고 시시덕거렸다는 말이야. 그게 잘못하지 앙이했다는 말이니? 북조선 에미나이들은 반드시 북조선 남자들한테만 가랑이를 벌려야 하는 거이야."

정필은 티셔츠를 한쪽 팔만 끼운 상태로 손을 멈추고 권보영을 쳐다보았다.

"배급이 끊겼으니까 굶어 죽지 않으려고 두만강을 건너서 중국까지 온 게 아니냐? 보영이 너라고 해도 배급이 끊어지고 가족들이 굶어 죽어가고 있다면 그 여자들하고 똑같이 행동했을 거다."

권보영은 지지 않고 대들었다.

"배급이 중단된 거이 일시적이라는 말이야. 조금만 견디면 배급이 다시 재개될 거이고, 기러면 다시 공화국은 세상에서 제일 행복한 지상낙원이 되는 거이야. 기런데 에미나이들이 그걸 참지 못하고 창녀 짓을 한다는 말이니? 그런 년들은 강간이 앙이라 쏴 죽여도 된다는 거야."

정필은 권보영의 악다구니에 분노가 치밀었다.

"권보영, 억지 부리지 마라. 당장 굶어 죽을 형편인데 무슨 짓을 못 하겠냐?"

"굶어 죽어도 공화국에서 죽어야지 어케 떼놈들한테 가랑이를 벌리고 더러운 돈을 받아서리 목숨을 연명한다는 말이니? 그런 에미나이들은 죄다 가랑이를 찢어 죽여야 되는 거이야! 그런 년들은 내 부하들이 아니라 공화국에 끌고 가서리 수많은 남자한테 가랑이를 벌리게 한 다음에 총살시켜야 된다는 말이다!"

"너 권보영……."

"어케 내 말이 틀리니? 기니끼니 너래 헛고생을 하고 있는 거이야. 나 같으면 그런 종간나 에미나이들은 눈에 띄는 대로 쏴 죽일 거이란 말이다."

정필이 분노하여 눈에서 이글거리는 불꽃이 와르르 쏟아지는 걸 보고 권보영은 신이 났다.

"하하하! 최정필이 니가 구한 에미나이들 죄다 걸레야! 그런 걸레들 구하느라 고생했꼬마!"

"아가리 닥쳐라."

정필이 분노하는 모습을 보고 권보영의 눈이 기쁨으로 번들거렸다.

"깔깔깔! 너래 병신이야. 니가 남조선에 데려다준 에미나이들 남조선 남자들하고 또 그 짓을 할 거이야. 내 말이 틀리면 말해 보라우."

"아가리 닥치라고 그랬다."

정필은 커다란 손으로 권보영의 풍만한 유방을 움켜잡았다.

"앗!"

유방을 터질 것처럼 힘껏 움켜잡은 탓에 권보영의 얼굴이 일그러지며 비명을 질렀다.

정필은 다른 손으로 품속에서 cz─75를 꺼내 권보영의 입속으로 쑤셔 박았다.

"으읍……."

"권보영 너라고 별수 있을 것 같으냐? 엉?"

권보영은 정필의 눈에 살기가 번뜩이고 흰 이빨을 드러내며 으르렁거리는 모습을 보면서 바짝 긴장했다.

정필을 약 올리는 것은 좋았는데 도가 지나친 것 같다는 생각이 들었다.

"좋아. 어디 네년도 한번 시험해 볼까? 응?"

이성을 잃은 정필은 총신 끝을 권보영의 목구멍 깊숙이 찔렀다.

"으윽… 끄으……."

"나는 지금 널 쏴버릴 수도 있다. 어떻게 할까? 쏴버릴까? 아니면 나한테 네년 가랑이를 한번 벌려줄래?"

정필은 권보영의 유방을 놓고 그 손으로 자신의 바지와 팬티를 내렸다.

"셋을 셀 동안 대답하지 않으면 그냥 쏴버리겠다. 자, 대답해라. 죽을래? 아니면 나한테 가랑이 벌릴래?"

권보영의 두 눈이 더 이상 커질 수 없을 만큼 커졌다.

"하나."

"으으으……."

"둘."

권보영의 얼굴이 온통 공포와 애원으로 물들었다. 그리고 그녀는 정필이 셋을 세기 전에 두 다리를 한껏 벌렸다.

정필은 다리를, 아니, 가랑이를 넓게 벌린 권보영의 사타구니를 힐끗 굽어보고는 잔인한 미소를 지었다.

"이 쌍년아, 탈북녀들은 먹을 것을 얻기 위해서 가랑이를 벌리는데 너는 목숨을 구걸하기 위해서 벌리는구나. 어떠냐? 아직도 탈북녀들은 걸레고, 너는 고귀하냐? 엉?"

정필은 권보영의 몸을 뒤집어서 개처럼 무릎으로 엎드리는 자세를 취하게 했다.

그것은 권보영 같은 여자한테는 참기 어려운 굴욕적인 자세다. 그 상태에서 정필은 자신의 하체를 그대로 밀어붙였다.

"아… 앗!"

정필은 cz—75 총구로 권보영의 뒤통수를 찌르면서 분노에 차서 그녀를 짓밟았다.

"으흐으… 흑흑흑……."

권보영은 엎드린 채 눈물을 뚝뚝 흘렸다.

2대의 공안 버스는 연길공안국을 출발하여 차량이나 사람이 거의 없는 한적한 밤거리를 10분쯤 달리다가 어느 도로변에 멈추었다.

공안 버스가 멈춘 앞쪽 어둠 속에는 2대의 버스가 일렬로서 있었는데 공안들은 탈북자들을 모두 내리게 하더니 앞쪽 2대의 버스에 옮겨서 태웠다.

75명의 탈북자와 장중환 목사 총 76명은 자신들이 무엇 때문에 다른 버스로 옮겨 태워지는 것인지 이유를 알지 못한 채 공안들이 시키는 대로 따랐다.

그런데 이상한 일은 그것만이 아니다. 새로 옮겨 탄 버스에는 공안들이 타지 않았고 탈북자들과 장중환 목사만 태운 상태에서 그대로 출발했다.

탈북자들을 여기까지 호송해서 온 공안들은 탈북자들이 탄 2대의 버스가 어둠 속으로 사라지는 것을 지켜보고 나서 자신들이 타고 온 공안 버스를 타고 연길공안국을 향해 유턴을 해서 달려갔다.

버스 안의 탈북자들은 크게 동요하면서 술렁거렸다. 버스에 공안들이 타지 않았기 때문이다.

탈북자들은 거의 모두 일어나서 자신들이 어디로 가고 있는 것인지 추측하기 위해 차창 밖을 내다보았지만 밖이 매우 캄캄해서 어딘지 알 수가 없다.

더구나 이들은 탈북자들이라서 연길 지리를 전혀 모르기 때문에 설혹 바깥 풍경을 본다고 해도 어디가 어딘지 알지 못했다.

장중환 목사가 탄 버스의 탈북자들은 그에게 어떻게 된 일이냐고 질문 공세를 퍼부었다.

하지만 아무것도 모르기는 장중환 목사라고 별반 다를 바가 없었다. 그 역시 누구보다도 지금의 상황에 대해서 알고 싶었다.

결국 장중환 목사와 탈북자들은 버스를 운전하고 있는 기사에게 모여들었으나 아무것도 모르기는 기사도 마찬가지였다. 기사들의 대답은 단 한마디였다.

"이건 공안 버스가 앙이오."

탈북자들이 타고 있는 2대의 버스가 다시 한 번 멈추었다.

버스의 헤드라이트를 끈 버스 기사는 아무 말도 없고, 탈북자들은 모두 제자리에 앉아서 숨을 죽인 채 창밖만 내다보고 있었다.

아이들조차도 이런 공포 분위기를 아는지 소리 없이 눈물만 흘리면서 엄마 품에 안겨 있다.

정말 숨이 막혀서 질식할 것만 같은 무거운 침묵이 버스 안에 자욱하게 흘렀다.

덜커덕!

그때 갑자기 첫 번째 버스의 앞문이 열렸다.

"앗!"

"옴마야!"

그 바람에 버스 안의 사람들이 놀라서 기겁을 하며 비명을 질렀다.

저벅저벅…….

묵직한 발소리와 함께 버스 안으로 한 사람이 올라왔으며, 탈북자들의 시선이 그에게 집중됐다.

그 사람은 키가 매우 컸으며, 당당한 체구를 지녔다.

탈북자들은 숨을 죽인 채 그 사람을 주시했다.

"여러분, 조용해야 합니다."

그 사람이 굵으면서도 맑은 목소리로 입을 열었다.

그러자 그 사람의 목소리가 매우 귀에 익었기 때문에 탈북자들이 술렁거렸다.

그 사람은 한적한 새벽에 도로에 멈춰 있는 버스에서 소란이 일어나는 것을 원하지 않았다.

"조용하세요. 그리고 아무도 일어나면 안 됩니다."

그 사람은 다시 한 번 주의를 주고는 플래시를 켜서 자신의 얼굴을 비췄다.

팍…….

"나는 최정필입니다."

그 상태에서 그 사람 정필이 부드러운 목소리로 말했다.

플래시 불빛을 받은 정필의 얼굴이 환하게 빛났으며 오늘따라 유난히 잘생겨 보였다.

"아아……."

"오라바이… 으흑흑……!"

"아아… 미카엘 님이시다……."

버스 여기저기에서 정필을 알아본 탈북자들이 탄성과 울음을 터뜨렸다.

그들이 자리에서 일어나려고 하자 정필이 플래시를 끄고 주의를 주었다.

"일어나지 마십시오. 소란을 피우면 위험합니다."

정필이 제아무리 길림성 당서기 특수 보좌관이라고 해도 꼭두새벽에 버스 2대에 탈북자들을 가득 태우고 있는 광경을 누가 봐서 좋을 게 없다.

자리에 앉아 있는 탈북자들이 기대 어린 표정으로 정필에게 질문 공세를 퍼부었다.

"오라바이께서 우릴 구한 검까?"

"우리 북송되지 앙이함까?"

"미카엘 님, 이자 우리 어케 되는 검까?"

정필은 어둠 속에 앉아 있는 사람들을 둘러보면서 조용한 목소리로 대답했다.

"여러분은 북송되지 않습니다. 그리고 여러분은 지금부터 산동성에 있는 위해시로 갈 겁니다."

"거긴 어째 가는 검까?"

"오라바이, 설마 남조선에 가는 검까?"

정필은 미소를 지었다.

"그렇습니다. 대한민국에 가는 겁니다."

버스 안 여기저기에서 탄성이 터져 나왔다.

"여러분 중에서 대한민국에 가는 것을 원하지 않는 사람은 손을 드십시오."

실내가 조용해졌고, 사람들은 과연 누가 손을 드는지 보려고 두리번거렸다.

그때 모두의 시선을 받으면서 한 사람이 손을 들었다.

"은숙아, 이리 나와라."

정필은 겁먹은 얼굴로 손을 들고 있는 18살의 박은숙이 무엇 때문에 지금 대한민국에 가지 못하는지 알고 있다.

정필이 인신매매단 소굴에서 강간을 당하기 직전에 구해온 은숙은 쭈뼛거리면서 정필에게 걸어오는데 고개를 숙이고 눈물을 흘렸다.

정필은 은숙을 옆에 세우고 어깨에 손을 얹었다.

"은숙아, 언니가 열흘 후에 올 텐데 지금 네가 먼저 대한민국에 가도 되고, 기다렸다가 언니하고 같이 가도 된다. 어떻게 하고 싶니?"

못 자라서 15~6살밖에 안돼 보이는 은숙은 작은 키로 정필을 올려다보며 놀라는 표정을 지었다.

"언니야가 오는 검까?"

"그래. 열흘 후에 온성 쪽에서 넘어오기로 했다."

"아아… 언니를 어케 찾았슴까?"

정필은 갸름하고 예쁜 얼굴이 푸르뎅뎅하게 부은 은숙의 머리를 쓰다듬었다.

"함북 은덕 코빠끄에 있는 걸 찾아냈다."

"아아……."

은숙은 크게 놀란 얼굴로 두 손을 가슴에 댔다.

"언니야가 코빠끄에 있었슴까?"

"그래. 널 찾으러 간다고 두만강을 도강하다가 붙잡혀서 6개월 강제 노동형을 받았다더라."

"으흑……! 언니야……."

자기를 찾으려고 중국에 오다가 붙잡혔다는 말에 은숙은 와락 눈물을 터뜨렸다.

정필은 몹시 바쁜 데도 은숙에게 차근차근 설명해 주었다.

코빠끄라는 것은 북한의 노동단련대를 뜻하는 은어다. 원래는 여행 증명서를 소지하지 않고 돌아다니다가 체포되는 1개월~6개월까지 형기 1년 이내의 경범죄에 해당하는 사람들에게 강제 노동을 시키는 곳으로 북한의 각 도와 시마다 설치되어 있으며 보안서의 부속 조직이다.

그런데 지금은 여행 증명서 없이 돌아다니는 사람이나 탈

북하다가 발각된 사람들이 코빠끄 노동단련대의 주를 이루고
있다.

물론 먹을 것을 구하기 위해서라는 단순 탈북자여야만 노
동단련대로 보내지고, 조금이라도 불순한 생각으로 탈북한 사
람들은 대한민국의 교도소에 해당하는 교화소나 그보다 더
심한 정치범수용소에 보내진다.

"은정이를 찾아냈으니까 거기 보안원에게 돈을 써서 빼낼
거다. 보안원하고도 다 얘기가 돼 있다. 그럼 곧장 탈북시켜서
데려올 테니까 너는 걱정하지 말고 대한민국에 가도 된단다."

"아임다. 저는 언니야하고 같이 갈 겁다."

정필은 배가 고파서 허구한 날 쑥만 캐먹다가 쑥독이 올라
서 온몸이 푸르뎅뎅하고 시력과 청력이 크게 감퇴한 은숙의
머리를 쓰다듬었다.

"그럼 열흘 동안 오라바이하고 같이 있자."

"으흑흑……! 고맙습다, 오라바이……."

은숙은 정필 품에 와락 안겨서 펑펑 눈물을 흘렸다.

정필은 은숙을 품에 안고 모두에게 말했다.

"여러분은 늦어도 사흘 후 이맘때쯤에는 대한민국에 계실
겁니다."

정필은 은숙을 데리고 내려 레인지로버에 태우고는 두 번째

버스에 올랐다.

앞쪽 버스에서 무슨 일이 있었는지 전혀 모르고 있는 두 번째 버스의 탈북자들은 버스 문이 열리고 정필이 올라가자 기절할 것처럼 비명을 질렀다.

"목사님, 계십니까?"

버스 앞쪽 컴컴한 곳에 장승처럼 우뚝 서 있는 정필이 나직한 목소리로 말하자 앞쪽 자리에 앉아 있던 장중환 목사가 벌떡 일어나며 외쳤다.

"미카엘인가?"

"그렇습니다."

"아아… 할렐루야……!"

장중환 목사는 정필을 보는 것만으로도 이제는 살았다는 판단에 할렐루야를 외쳤다.

"와악! 정필 오라바이!"

"으아앙! 미카엘 님이 우릴 구하러 오셨다이!"

정필은 장중환 목사를 불러서 조용하게 얘기하려고 했는데 의도했던 것과는 달리 난리법석이 벌어졌다.

장중환 목사는 정필을 덥석 끌어안고 어린아이처럼 펑펑 울음을 터뜨렸다.

"고맙네……! 정말 고맙네……! 어흐흥……!"

정필은 2대의 버스에 각각 김길우와 다혜를 태우고 나서 레인지로버에 있던 권보영을 끌고 내렸다.

권보영은 두 손이 뒤로 수갑이 채워졌으며, 입과 눈에 넓적한 테이프가 붙여져서 팔을 잡은 정필이 이끄는 대로 주춤거리면서 따라왔다.

권보영을 두 번째 버스로 데리고 가는 정필의 기분은 조금 씁쓸했다.

아까 김길우네 집 그의 방 욕실에서 권보영을 강간한 것 때문이다.

전후 사정이야 어떻게 됐든지 간에 그가 권보영을 강간한 것은 분명하다.

정필은 대학교 1학년 때 교제했던 애인 희주하고 섹스를 한 이후, 지금껏 여자하고 잔 적이 한 번도 없었다.

그때가 20살 때였으니까 햇수로 장장 6년 동안 섹스를 하지 않은 것이다.

섹스를 하려고 들었으면 기회가 여러 번 있었다. 특히 은애하고는 서로 무척 사랑하면서도 그녀가 혼령이라는 이유로 인간과 혼령 사이의 어떤 알 수 없는 금기 같은 것이 있지 않을까 하는 이유로 망설였었다.

그리고 은주, 그녀가 몇 번이나 사랑한다면서 몸을 허락하려고 대시할 때마다 정필이 한 걸음씩 뒤로 물러났었다.

그건 순전히 은주를 아끼는 마음이었는데 이제 그녀는 다른 남자의 여자가 돼버렸다. 시쳇말로 아끼다가 똥이 돼버린 상황이다.

게다가 소영은 지금도 끊임없이 정필에게 섹스를 요구하고 있으므로 그가 손만 뻗으면 언제든지 할 수 있다.

베트남 정글에서 정필이 구했던 더할 수 없이 아름다운 한서희도 그에게 사랑을 갈구하지 않았던가.

멀리에서 찾을 것도 없다. 정필의 그림자처럼 붙어 다니는 옥단카도 준상인 정필에게 순결을 바치는 것이 묘족의 전통이고, 풍습이라면서 그의 손길을 기다리고 있다.

그 밖에도 백설공주처럼 아름다웠던 혜주 엄마 한유선이나 무르익을 대로 무르익은 향숙, 그리고 영실도 있다.

그런데 정필은 그 많은 여자를 다 제쳐두고 하필이면 죽이고 싶도록 증오하는 권보영과 섹스를 했다.

그것도 그녀가 원한 것이 아니라 분노를 이기지 못해서 말도 안 되는 강간을 해버렸다.

그렇지만 지금 다시 똑같이 그런 상황이 닥친다고 해도 정필은 또다시 권보영을 짓밟고 말 것이다.

그만큼 권보영에 대한 증오가 깊고, 또 탈북녀들에 대한 애정이 깊기 때문이다.

척!

정필은 권보영을 데리고 다혜와 장중환 목사가 있는 두 번째 버스에 올랐다.

다혜가 있기 때문에 권보영을 위해서까지 호송하는 일은 별문제가 없을 것이다.

정필은 버스 중간쯤에 권보영을 앉히고 두 손을 앞으로 모아서 수갑을 채우고 두 발목에도 수갑을 채웠다.

버스 안의 사람들이 이상한 얼굴로 쳐다보았지만 정필은 아무런 설명도 해주지 않았다.

권보영이 누군지 설명을 하면 탈북자들이 두려워하거나 그녀에게 해코지를 하는 등 좋지 않은 일들이 일어날 수도 있기 때문이다.

정필이 버스에서 내리면서 손짓을 하자 다혜가 따라 내렸다.

"다혜 씨, 공안이 일체 버스에 타지 못하게 하십시오."

다혜가 고개를 끄떡이는 걸 보고 정필이 또 당부했다.

"권보영 조심하십시오. 보통 여자가 아닙니다."

"한때 내 친구였다고 봐줄 것 같은가요?"

"그건 아닙니다."

"걱정 말아요. 그보다 부탁이 있어요."

"뭡니까?"

"행운의 부적 같은 건데, 정필 씨가 하나 해주세요."

"부적이라니, 나한테 그런 게 어디 있습니까?"

"여기 있잖아요."

다혜는 말하면서 한껏 발돋움을 하고 두 팔로 정필의 목을 감으면서 입을 맞추었다.

정필이 꾸짖으려는 생각에 눈을 부릅떴지만 다혜는 아랑곳하지 않고 눈을 꼭 감은 채 입술을 비비면서 그의 혀를 마음껏 갖고 놀았다.

정필에 비해서 키가 작은 그녀는 두 다리로 그의 허리를 감은 채 욕심을 채웠다.

정필은 예전 같으면 다혜를 떼어냈겠지만 지금은 그러지 않았다. 여자들에게 마음을 꽁꽁 닫아둘 필요가 없다는 생각이 들었기 때문이다.

아마도 은주 때문일 것이다. 그녀에게 받은 배신감이 정필을 변화시키고 있었다.

정필이 집으로 돌아왔을 때 새벽 4시가 되고 있었다.

"주인님, 오셨습까?"

거실 소파에 앉아서 TV를 보며 기다리고 있던 소영이 급히 일어나서 걱정스러운 얼굴로 다가왔다.

재영은 집에 들어서자마자 피곤해 죽겠다면서 자신의 방으로 들어갔다.

"소영 씨, 여기 앉으세요."

소파에 앉은 정필은 소영의 손을 잡고 자신의 옆에 앉혔다.

"연길공안국에 붙잡혀 있던 탈북자들이 모두 풀려나서 위해시로 떠났습니다."

소영은 크게 안도의 표정을 지었다.

"아아… 참말 잘됐습다. 주인님, 애 많이 잡샀습다."

"그래서 하는 말인데……."

정필은 아까부터 생각하고 있던 것을 꺼냈다.

"소영 씨도 이번에 그 사람들하고 같이 대한민국으로 가십시오."

"……."

소영은 깜짝 놀라서 정필을 바라보더니 이내 고개를 푹 숙이며 아무 말도 하지 않았다.

"지금 철민이는 태국의 안전 가옥에서 지내고 있는데 아마 며칠 후면 대한민국으로 갈 겁니다."

소영은 고개를 푹 숙인 채 허벅지에 올려놓은 두 손을 잡고 꼼지락거렸다.

"소영 씨가 나하고 같이 내일 아침 첫 비행기를 타고 위해시에 가서 배를 타면 먼저 대한민국에 들어가서 철민이를 기다릴 수 있습니다."

정필은 소영이 어린 아들 철민이를 얼마나 그리워하고 있는지 잘 알고 있다.

그런데도 그녀는 여길 떠나려고 하지 않는다. 그녀가 왜 그러는지 그 이유 역시 정필은 잘 알고 있다.

　바로 정필이 자신 때문이다. 소영은 그를 너무도 사랑하고 있기 때문에 그리운 아들을 만나는 것을 미루면서까지 그의 곁에 머물러 있고 싶은 것이다.

　이런 식으로는 동이 틀 때까지라도 소영의 대답을 들을 수가 없을 것이다.

　정필이 아무리 설득하려고 해도 수줍음 많은 데다 고집불통인 그녀는 계속 아무 말도 하지 않은 채 고개를 숙이고 있을 것이 뻔하기 때문이다.

　정필은 긴 치마를 입고 가지런히 다리를 모으고 있는 소영의 허벅지에 손을 얹었다.

　"소영 씨."

　소영은 정필은 손을 두 손으로 말없이 꼭 잡았다. 그녀의 손은 매우 따스했다.

　"가는 겁니다. 알았죠?"

　"부탁이 있슴다."

　"말해 봐요."

　소영은 고개를 숙인 채 정필의 손을 힘주어서 잡았다.

　"주인님이 제 나그네가 돼주시면 앙이 되갔슴까?"

　"소영 씨."

소영은 정필의 손을 두 손으로 꼭 잡은 채 고개를 들고 간절한 표정으로 그를 바라보았다.

"저하고 결혼을 해달라는 거이 아임다. 고조 주인님께서 고개만 한 번 끄떡이면 그때부터 저는 마음속으로 주인님을 제나그네로 모시고 평생 살갔다는 그런 뜻임다. 다른 건 바라지 않슴다. 고조 그거면 됨다."

정필은 난감한 표정을 지었다.

"소영 씨, 몇 살입니까?"

몰라서 묻는 게 아니라 그녀가 아직 젊다는 사실을 각인시켜주려는 것이다.

"서른한 살임다."

정필이 이제 26살이 됐으니까 소영이 5살 연상이다. 31살이면 정말이지 한창때다.

그런 파릇파릇하게 젊은 여자가 어디에다 내놓고 정필을 내 남편이라고 말도 하지 못하고, 그렇다고 다른 부부들처럼 아무 때나 마음 놓고 섹스를 할 수 있는 것도 아닐 텐데, 그저 마음속으로만 남편이라고 생각하면서 한평생을 살겠다는 것이 말이나 되는가 말이다.

"소영 씨, 잘 들어요. 나는 소영 씨에게 아무것도 해주지 못할 겁니다."

"상관없슴다."

소영은 황소고집이다.

"내가 허락하면 대한민국에 갈 겁니까?"

"가갔슴다."

"알겠습니다."

소영의 얼굴이 환해졌다.

"허락하시는 검까?"

"그렇습니다."

"아아……."

소영은 마치 세상을 다 얻은 것 같은 표정을 지었다.

"저한테 소영아, 해보시라요."

"허어… 소영 씨."

"앞으로는 아무것도 바라지 않을 테니끼니 고조 고것만 해보시라요. 나그네가 자기 앙까이(아내) 이름을 부르는 거이 당연한 거이 아님까?"

정필은 잠시 동안 물끄러미 그녀를 바라보다가 조용한 목소리로 말했다.

"소영아."

"네, 주인님."

소영은 가출했다가 돌아온 과년한 딸이 아빠에게 하듯이 정필의 품속으로 파고들었다.

정필은 소영을 품에 안고 등을 쓰다듬었다.

"내일 오전 11시 비행기니까 준비해 놓고 자요."

"소영아, 해놓고서리 무시기 존대임까?"

소영이 정필의 가슴에 입을 대고 종알거렸다.

"소영아, 준비해 놓고 자라."

"알았슴다, 주인님."

정필은 소영을 방에 들여보내놓고 문단속을 하고 나서 자신의 방으로 가려다가 걸음을 멈추고 우승희가 있는 방을 돌아보았다.

서동원더러 평화의원에서 우승희를 데려오라고 했으니까 그녀는 방에 있을 것이다. 그런데 소영이 우승희 용변을 보게 했는지 염려가 됐다.

뿐만 아니라 우만호가 우승희를 자신의 친누나라면서 그녀의 정체가 암살조의 조장이라고 밝혔는데, 거기에 대해서 짚고 넘어가야 할 것 같았다. 내일 이른 아침에 정필은 집을 나서야 하기 때문이다.

"옥단카, 들어가서 먼저 씻어라."

"네."

옥단카가 고개를 끄떡이고는 방으로 들어가는 것을 보고 정필은 우승희의 방으로 향했다.

딸깍⋯⋯.

정필이 방문을 여니까 방 안이 캄캄했다. 그리고 낮게 코고는 소리가 들렸다.

그래서 그가 다시 방문을 닫으려고 하는데 누군가의 목소리가 들렸다.

"저 앙이 잠다."

정필이 돌아서자 침대 쪽에서 우승희가 부스럭거렸다.

"저 똥마렵슴다."

정필이 짐작한 대로 소영은 우승희의 용변을 보게 해주지 않았다.

아마도 탈북자들을 구하러 나간 정필을 기다리느라 깜빡 잊은 모양이다.

정필이 가까이 다가가서 보니까 침대 안쪽에서 송이가 낮게 코를 골면서 자고 있다.

흑천상사 일이 눈코 뜰 새 없이 바쁘기 때문에 집에 들어오면 녹초가 돼서 곯아떨어진다.

정필은 우승희를 안고 거실로 나와 화장실로 향했다.

"이보시라요. 정낭은 나중에 가도 됨다. 지금은 할 얘기가 있슴다."

정필은 우승희를 소파에 눕히고 나서 자신은 그녀의 머리맡에 앉았다.

잠시 침묵이 흘렀지만 정필은 그녀에게 할 말이 뭐냐고 묻지 않고 가만히 기다렸다.

"우만호 있잖습까?"

그러나 우승희는 정필을 오래 기다리게 하지는 않았다.

"네."

"사실은 만호 제 친동생임다."

"그렇습니까?"

정필은 놀라는 기색을 보이지 않았다.

그렇지만 우승희는 정필이 워낙 대범한 사람이라서 놀라지 않는 것이라고 생각했다.

"그리고……"

정필은 우승희가 자신을 제압한 다음에 회유하거나 그게 여의치 않으면 죽이려고 온 암살조의 조장이라는 사실을 우만호에게 들어서 알고 있다.

그래서 그는 만약 우승희가 자신의 입으로 사실을 실토하면 모든 것을 불문에 붙이기로 마음먹었다.

"저는 고사총부대에 있었던 거이 앙이고, 사실은 특수부대에 있었슴다."

우승희가 머리맡에 앉아 있는 정필을 보려면 고개를 뒤로 젖히거나 눈을 치떠야 하지만 그녀는 그러지 않았을 뿐 아니라 아예 눈을 감아버렸다.

"사실 저는 공화국 특수부대인 폭풍군단 벼락여단 소속이고 연길에는 어떤 사람을 제압해서 회유하거나 죽이라는 임무를 맡고 왔슴다."

"그렇습니까?"

정필은 조금 전처럼 그 말만을 되풀이했다. 우승희의 정체를 다 알고 있는 그로서는 그 말 말고는 달리 할 말이 마땅치 않았다.

우승희는 실토를 하고 나서 자신이 어떤 처지가 될 것인가에 대해서는 깊이 생각하지 않았다.

다만 그녀는 길고도 깊은 잠에서 깨어난 것이다. 김정일과 북한 로동당이 전 인민에게 주입시킨 '세뇌'라는 깊은 잠에서 말이다.

그녀를 '세뇌의 잠'에서 깨우는 데 가장 큰 공헌을 한 사람은 친동생 우만호가 아니라 정필이다. 그리고 두 번째가 우만호다.

"그 사람이 바로 검은 천사 당신임다."

거기까지 말한 우승희는 이제 결과가 어떻게 나오든지 말든지 속이 다 후련했다.

지난 며칠 동안 정필을 속이는 것이 견딜 수 없이 괴로웠기 때문이다.

우승희는 차분하게 말했다.

"이자 내를 죽이든지 살리든지 당신 맘대로 하기요."

그러고는 잠시 침묵이 흐르다가 정필이 조용히 중얼거렸다.

"잘했습니다."

우승회는 깜짝 놀랐다. 정필의 잘했다는 말도 그렇지만 그가 그녀의 머리를 부드럽게 쓰다듬었기 때문이다.

우승회가 눈을 뜨자 정필이 부드러운 미소를 지으면서 굽어보고 있는 얼굴이 보였다.

"뭐… 이가 잘했다는 말임까?"

"지금 나한테 고백한 거 말입니다."

우승회는 놀라움을 삼키면서 눈을 깜빡거리고 있는데 정필이 물었다.

"왜 고백한 겁니까?"

"그거이……."

우승회는 더 심하게 눈을 깜빡거리다가 멈추고 정필을 말끄러미 올려다보았다.

"당신이 좋은 사람이기 때문임다."

"그걸 어떻게 압니까?"

"북조선의 불쌍한 사람들을 기렇게 많이 구해주는데 기럼 나쁜 사람임까?"

정필은 빙그레 미소 지었다.

"그리고 똥 싼 여자 씻어주기도 합니다."

"당신……."

우승희는 얼굴이 홍당무처럼 새빨갛게 변했다.

"대놓고서리 기런 말 하면 어캅네까?"

"승희 씨."

"네……."

"만호가 나한테 승희 씨에 대해서 말해주었습니다."

"……."

"그러고는 누님을 잘 돌봐 달라고 부탁했습니다."

그런 줄도 모르고 제 딴에는 큰 결심을 하고 고백을 했던 우승희는 너무 부끄러워서 새근거렸다.

"만호, 고놈의 아새끼래 입이 싸서……."

"승희 씨."

우승희는 새로운 사실을 깨달았다. 화가 나고 부끄럽다가도 정필이 '승희 씨'하고 부르면 모든 감정이 씻은 듯이 사라지면서 차분해진다는 사실이다.

"한 가지 알려줄 게 있습니다."

"뭡까?"

"조만간 청진에 계신 승희 씨 부모님을 이곳으로 모셔올 계획입니다. 그리고 만호도."

우승희는 눈을 동그랗게 떴다.

"고… 고거이 참말임까?"

"참말입니다. 여행 증명서만 나오면 모셔올 겁니다."

"여행 증명서를 어드러케 받습까?"

"청진 보안서 간부에게 뇌물을 쓸 겁니다."

"그… 렇습까……."

정필은 규칙적으로 우승희의 머리를 부드럽게 쓰다듬었다.

"늦어도 이 달 안으로 청진의 부모님과 만호를 이곳으로 데려올 겁니다."

"어흑!"

누워 있던 우승희는 자신도 모르게 가슴 속에서 뜨거운 것이 치밀어 올라 왈칵 눈물을 쏟아냈다.

"다 잘될 겁니다."

정필은 우승희를 번쩍 안고 화장실로 향했다.

"이제 똥 누러 갑시다."

우승희는 변기에 앉아 볼일을 보면서 앞에 서서 자신을 잡아주고 있는 정필에게 민성환의 부인 한유선과 딸 혜주를 암살하러 탈북자로 위장한 2명의 암살 공작원 김성진과 박연주에 대해서 자세히 설명해 주었다.

정필은 우승희를 변기 뒤쪽에 잘 기대게 해주었다.

"괜찮습니까?"

요즘 평화의원에서 강명도에게 물리치료를 받고 있는 우승희는 빠르게 좋아지고 있다.

"음… 견딜 만함다."

"잠깐 전화 좀 하고 오겠습니다."

거실로 온 정필은 김낙현에게 전화를 걸어서 우승희에게 들은 얘기를 전해주었다.

"그놈들 아직 태국에 있습니까?"

"알아보겠습니다."

5분 후에 김낙현의 전화가 걸려왔다.

"그 두 놈, 아직 방콕 안가에 있습니다. 6일 후에 대한민국에 들어갈 거라고 합니다."

"어떻게 하는 게 좋겠습니까?"

김낙현의 목소리가 차가워졌다.

"방콕에는 요원이 없고, 제3국이기 때문에 그 둘을 어떻게 하는 게 곤란합니다. 일단 대한민국에 입국시켰다가 공항에서 잡는 게 좋겠습니다."

"확실해야 합니다."

"내가 직접 들어가야겠습니다."

"그래주십시오."

전화를 끊고 난 정필은 간담이 서늘했다. 우승희가 한유선 모녀의 암살조라고 설명해 준 일남 일녀는 정필도 알고 있는 자들이다.

그가 얼마 전 라오스 루앙남타 유치장에 붙잡혀 있는 탈북자 7명을 구해준 적이 있었는데, 그 속에 섞여 있던 일남 일녀가 암살 공작원이었다. 정필은 그 둘의 얼굴을 지금도 생생히 기억하고 있다.

만약 우승희가 사실대로 말해주지 않았더라면 정필이 구해준 암살조가 한유선과 혜주를 죽이게 될지도 모른다. 그렇게 된다면 그것은 정필이 한유선 모녀를 죽이는 비극이 되고 만다.

그때 화장실에서 우승희의 목소리가 들렸다.

"다 쌌습다."

제59장
권보영

자기 방에 들어온 정필은 씻지 않고 그냥 옷을 벗고 침대로 걸어갔다.

옥단카가 누워 있다가 이불을 젖히며 그가 이불 속으로 들어오기를 기다렸다.

젖혀진 이불 아래에 옥단카가 팬티도 입지 않은 알몸으로 누워 있는 모습이 정필 눈에 들어왔다.

자그맣고 가녀린 체구지만 봉긋한 가슴과 잘록한 허리, 허벅지 안쪽의 숲이 제법 우거졌다.

옥단카는 예전에는 팬티와 브래지어만 하고 잤는데, 언제부터인지 그마저도 다 벗어버린 모습으로 자기 시작했다.

정필의 그림자 같기도 하고 분신(分身) 같기도 한 아이.

문득 정필은 언젠가는 옥단카하고도 묘족의 전통이며 풍습이라는 주종합체(主從合體)의 의식을 치러야 할 것이라는 생각이 들었다.

옥단카가 알몸으로 정필의 곁에서 자기 시작한 것은 이곳에 오고 나서부터일 것이다.

그녀는 말이나 행동으로 정필을 요구하지는 않는다. 언제나 조용히 기다리고 있다.

팬티 차림의 정필은 침대로 오르려다가 문득 소영이 생각나서 몸을 돌렸다.

"옥단카, 먼저 자라."

소영의 방문 앞에 선 정필은 본능적으로 잠시 망설였다. 하지만 그는 곧 자신이 더 이상 망설일 이유가 없다는 사실을 깨달았다.

그에게는 이제 지켜야 할 지조 따위 없다. 상대가 원하고, 또 그가 원한다면 언제라도 섹스를 할 수 있다. 은애도, 은주도 그의 곁에 없는 것이다.

소영은 정필을 몹시 사랑하고 있다. 그가 봤을 때 그녀의 사랑은 진짜다.

거짓 사랑이었던 은주하고는 비교할 수가 없다. 더구나 소영은 욕심도 없다.

그저 해바라기처럼 정필 곁에서 그를 바라보면서 살 수만 있어도 행복하다고 하는 여자다. 그리고 정필이 봤을 때도 실제 그렇다.

소영은 결혼식 같은 것도 필요 없이 그저 정필을 마음속의 영원한 나그네로 삼은 채 평생을 살겠다고 했다.

너무도 갸륵하다. 그런 소영을 이대로 보내는 것은 그녀에게 가혹하다는 생각이 들었다.

권보영을 강간했는데 소영을 안지 못한다는 것은 말이 안 되는 일이다.

딸깍…….

정필은 문을 열고 안으로 들어갔다.

캄캄한 어둠 속에서 침대에 누워 있는 소영이 움찔 놀라면서 부스럭거리는 게 보였다.

"뉘기요……?"

소영이 일어나려고 하는데 정필이 이불을 걷으면서 그녀 옆에 누웠다.

"아아……."

소영은 정필이 무엇 때문에 왔는지 알아차리고 왈칵 눈물이 쏟아졌다.

정필은 똑바로 누워서 몸을 덜덜 가늘게 떨고 있는 소영의 브래지어와 팬티를 말없이 벗겼다.

비록 그는 소영의 진짜 남편은 되어주지 못하지만 이렇게라도 그녀의 사랑에 작은 보답을 해주려는 것이다. 그리고 그녀의 지극한 사랑에 제대로 응답해 주지 못하는 것에 대한 용서를 비는 것이다.

정필은 소영의 온몸 구석구석을 오랜 시간 공을 들여서 알뜰히 애무했다.

"아아아……."

소영은 흐느끼면서 전율했다.

그날 밤 그녀는 태어나서 31년 만에 최초로 오르가즘의 최고봉에 몇 번이나 도달했다.

정필은 소영의 몸속에 강렬하게 두 번째 사정을 폭발시키면서 마음속에 앙금처럼 남아 있던 은주의 잔상을 깡그리 날려버렸다.

정필과 옥단카, 소영은 연길공항에서 11시 비행기를 타고 위해시로 향했다.

연길공항에는 국제선은 없지만 중국 국내 대도시는 거의 항공 노선이 구비되어 있다.

소형 여객기라서 좌석이 복도 양쪽에 두 개씩 있기 때문에 정필과 소영이 나란히 앉았고, 옥단카는 복도 건너편에 다른 사람하고 앉았다.

정필은 난생 처음 비행기를 타보는 소영에게 경치를 구경하라고 창 쪽에 앉혔지만 그의 의도대로 되지는 않았다.

소영은 연길공항을 출발하여 위해공항에 도착하는 5시간 동안 창밖은 한 번도 내다보지 않았다. 경치 따위는 그녀의 눈에 들어오지도 않았다.

이제 몇 시간 후면 정필과 헤어져야 하기 때문에 그의 품에 꼭 안겨서 그의 몸을 쓰다듬고 그의 얼굴을 바라보면서 이별을 슬퍼하기 바빴다.

꽁타첸이 위해공항에 마중을 나왔다.

"따거! 반갑습니다!"

그는 게이트로 나오는 정필을 발견하고는 한달음에 달려와서 덥석 포옹을 했다.

"차를 가져왔습니다."

꽁타첸은 일전에 정필이 선물한 도요타 랜드크루저를 끌고 나왔다.

정필이 조수석에 타고 옥단카와 소영이 뒷자리에 앉아 출발하자마자 꽁타첸은 본론을 꺼냈다.

"따거, 북한에서 바다하고 갯벌을 팔고 있습니다."

중국어 길림 사투리를 배운 정필은 산동 사투리를 제대로 알아듣지 못했다.

"뭐를 판다고 했습니까?"

"바다하고 갯벌입니다."

"자세히 설명해 보십시오."

꽁타첸의 설명에 의하면 북한이 올해 1월부터 자기네 영해인 서해바다의 조업권과 갯벌을 중국 어선들에게 임대하고 있다는 것이다.

"1년 단위로 계약합니다. 북한 쪽 바다는 수산물의 보고이기 때문에 벌써 많은 배가 북한으로부터 조업권을 사서 고기잡이를 하고 있습니다."

중국은 거대한 영토를 지니고 있는 것에 비해서 바다는 매우 작은 편이다.

좁은 서해바다를 북한, 대한민국과 절반씩 나누어서 사용하고 있기 때문이다.

중국은 13억이라는 엄청난 인구를 먹여 살리기 위해서 수십만 척의 어선이 서해바다로 나가서 바닷속 바닥까지 박박 긁어 손가락만 한 크기의 치어들까지 싹쓸이를 하여 물고기 씨를 말리는 것으로 유명하다.

바다라고 해서 아무 데나 물고기가 많이 있는 것이 아니다. 물고기는 수온과 수심, 먹이가 풍부한 곳에 몰려 있는데, 그곳이 바로 북한과 대한민국 영해 안에 여기저기 많이 분포되어 있다.

그래서 중국 어선들이 북한과 대한민국 영해 안으로 침입하여 불법으로 조업을 하다가 체포되어 어선은 몰수, 선장과 선원들은 구금되는 사태가 벌어진다.

그런데 북한이 자신들의 황금어장을 돈을 받고 팔고 있다니 중국으로서는 쌍수를 들어 환영할 일이다.

북한의 어선들과 조업 장비는 몹시 낙후되어 원시적인 방법으로 조업을 하기 때문에 같은 시간에 고기잡이를 해서 대한민국이 100톤을 잡는다면 중국은 50톤, 북한은 몇 백kg 정도만 겨우 잡고 있을 뿐이다.

그러니까 북한으로서는 어차피 기술이 달려서 잡지 못하는 물고기를 돈을 받고 팔아서 외화라도 벌어들이자는 속셈인데, 알고 보면 도끼로 제 발등을 찍는 고육지책(苦肉之策)인 것이다.

"북한으로부터 조업권을 사면 마음대로 북한에 들어갈 수 있는 겁니까?"

"물론입니다. 바다는 어디든지 마음대로 갈 수 있고, 갯벌은 해당 지역에만 출입이 가능합니다."

꽁타첸은 자신이 알아온 새로운 사실 때문에 적잖이 흥분한 상태다.

"우리가 조업권을 사면 북한 깊숙한 곳까지 들어가서 탈북하려는 사람들을 싣고 나올 수 있습니다."

이제 완전히 정필의 사람이 된 꽁타첸은 북한 사람을 한 명이라도 더 구출하려고 정필보다 더 적극적이다.

정필은 꽁타첸이 알려준 정보를 대충 듣기만 하고도 대단한 것이라고 판단했다.

지금까지는 탈북자의 절대 다수인 99%가 함경북도에 살고 있는 사람들이었다.

북한은 여행의 자유가 없는 탓에 두만강을 근처에 끼고 있는 무산이나 회령, 온성 등지를 통해서만 탈북을 할 수 있기 때문이다.

같은 함경북도라고 해도 조금 내륙으로 들어간 30㎞ 거리의 부령군, 은덕군, 그리고 70㎞인 청진시 같은 곳에서는 여행증명서 없이는 두만강으로의 탈북을 꿈도 꾸지 못하는 실정이다.

그렇기 때문에 두만강과 압록강에서 내륙으로 수백 ㎞ 떨어진 평안도와 황해도, 강원도 원산 같은 지역의 사람들은 탈북을 하고 싶어도 그저 마음만 간절할 뿐이다.

정필 생각에는 북한 영해의 바다 조업권이나 갯벌 사용권 중에서 어느 하나만 있어도 소용이 없을 것 같다. 두 개 다 있어야지만 탈북하려는 사람들을 좀 더 수월하게 중국으로 실어낼 수 있을 것이다.

"터터우, 북한 영해에는 수십 척의 대형 운반선이 항상 떠 있습니다."

"그게 뭡니까?"

"무우찬입니다."

"무우찬?"

정필은 그 말을 알아듣지 못해서 꽁타첸더러 한 글자씩 천천히 말하라고 했다.

"무우."

"무우… 그게 뭡니까?"

"마마(媽媽:엄마) 아십니까?"

"엄마 말입니까?"

"그렇습니다. 마마는 아이들이 부르는 호칭이고 무우는 어른이 부르는 호칭입니다."

"아… 어머니 무우(母) 말이군요?"

"그렇습니다. 무우… 거기에 찬입니다. 찬은……."

"알겠습니다. 찬은 배(船)를 뜻하니까 무우찬은 중심 역할을 하는 큰 배, 즉 모선(母船)을 가리키는 거로군요."

"그렇습니다."

꽁타첸의 말은 한 척의 모선 무우찬이 여러 척의 어선들을 거느리고 있으며, 어선이 잡아온 물고기들을 무우찬이 받아서 그 자리에서 선별, 가공, 포장까지 마쳐서 그것을 다른 운반선들이 항구로 옮긴다는 것이다.

"그렇게 하면 탈북자들을 무우찬에서 곧장 대한민국으로 실어 나를 수 있을 겁니다."

"그렇겠군요."

정필은 고개를 끄떡였다.

"그것 때문에 나를 일찍 오라고 한 겁니까?"

"그렇습니다. 터터우께서 직접 눈으로 확인을 하시고 결정을 내려야 하기 때문입니다."

"잘하셨습니다."

정필은 꽁타첸이 정말 큰일을 해냈다고 생각했다.

북한은 중국의 서해 쪽 항구 도시마다 어업 출장소를 개설하고, 북한 영해의 고기잡이 조업권을 개인에게 팔고 있으며 위해시에도 북한 어업 출장소가 있다.

정필은 꽁타첸과 함께 곧장 위해시의 북한 어업 출장소에 가보았다.

어업 출장소에 명시된 대여 가격은 1년에 어선 20톤 기준으로 척당 백만 위안, 한화로는 약 1억 5천만 원이고 달러는 15만 달러 정도다.

위해시 북한 어업 출장소에는 중국 어부들과 선주들로 북새통을 이루었다.

그렇지만 어선 한 척당 백만 위안이라는 거금 때문에 다들 선뜻 계약하지는 못하고 주저하면서 어떻게 하면 싸게 할 수 있을지 이것저것 알아보고 있었다.

백만 위안은 어부나 선주들에게 확실히 거금이긴 하지만 척당 북한 영해 황금어장에서 물고기를 잡아 올릴 수 있는 수익의 30% 정도 수준이다.

그러니까 계약만 하면 연일 만선을 기록할 수 있다. 이른바 돈 놓고 돈 먹기 사업이다.

정필은 꽁타첸과 밖으로 나왔다.

"따거, 어떻습니까?"

꽁타첸이 물었다. 정필이 아는 바로는 꽁타첸은 욕심이 없는 사람이다.

그는 정필이 처음에 한 척, 그리고 나중에 그보다 조금 더 큰 어선을 한 척 더 사준 것만으로도 만족하고 있으며 정필을 하늘에서 내린 은인으로 여기고 있다.

현재 꽁타첸은 탈북자들을 대한민국으로 보내는 자신의 일에 큰 자부심과 보람을 느끼고 있다.

"대충 구색을 갖추려면 어느 정도 규모입니까?"

"무슨……."

정필의 말을 꽁타첸은 알아듣지 못했다.

일단 정필은 꽁타첸과 옥단카, 소영을 데리고 근처의 식당으로 들어가 요리를 주문했다.

길거리에 서서 얘기할 수는 없어서 조금 일찍 저녁을 먹으며 얘기를 할 생각이다.

"조업권을 딴 다른 배들은 몇 척 정도입니까?"

"대중없습니다. 큰 선단(船團)은 어선 10척도 있고 한 척만 갖고 조업하는 사람도 있습니다."

정필은 고개를 끄떡였다.

"우린 모선 한 척에 어선 5척으로 시작합시다."

"와아……."

꽁타첸은 놀라서 벌떡 일어났다가 앉았다.

"저는 한두 척인 줄 알았습니다."

"꽁타첸 씨한테 2척 있으니까 어선 3척하고 모선을 구합시다. 모선은 몇 톤쯤 돼야 합니까?"

"최소 100톤에서 300톤까지입니다."

"그렇다면 우린 300톤으로 합시다."

"하아……."

정필은 손을 뻗어 꽁타첸의 어깨를 두드렸다.

"꽁타첸 씨 이름으로 조업권을 따내고 모선과 어선 3척 구입할 수 있는지 알아보십시오."

"알겠습니다."

"그리고 거기에서 나오는 수익은 꽁타첸 씨가 갖는 것으로 하겠습니다."

"따거!"

꽁타첸은 놀라서 두 번째로 벌떡 일어섰다. 이번에는 큰 소리까지 질러서 식당의 사람들이 그를 쳐다보았다.

"절대 그럴 수는 없습니다!"

꽁타첸은 사람들이 쳐다보거나 말거나 일어선 채 주먹으로 제 손바닥을 치면서 소리를 질렀다.

"앉으세요."

정필이 꽁타첸의 손을 잡아당겨서 앉혔다.

"제가 이득을 보자고 따거에게 이런 정보를 드린 게 아닙니다. 이렇게 하시면 저는 이 일에서 손 떼겠습니다."

꽁타첸은 매우 진지하고 단호하게 말했다.

정필은 백주를 한 병 주문해서 각각 자신과 꽁타첸의 잔에 따랐다.

"나는 중국어를 잘 못하기 때문에 간단하게 말하겠습니다."

꽁타첸은 정필이 무슨 말을 하든지 절대로 설득당하지 않겠다는 표정으로 팔짱을 꼈다.

"꽁타첸 씨에게 나는 뭡니까?"

"은인입니다."

"나한테 꽁타첸 씨는 그것보다 더 큰 은인입니다."

"……."

"꽁타첸 씨가 없었다면 내가 어떻게 한 달에 수십 명씩 탈북자들을 대한민국에 보낼 수 있겠습니까?"

"그건……."

꽁타첸이 반박하려는 것을 정필이 막았다.

"그 일은 아무나 할 수 있는 일이 아닙니다. 오로지 꽁타첸 씨만이 할 수 있습니다. 왜냐하면 우린 서로를 신뢰하기 때문입니다."

"따거……."

정필의 표정이 더욱 진지해졌다.

"나는 꽁타첸 씨에게 내 전 재산을 준다고 해도 아깝지 않습니다."

우직한 바다 사나이 꽁타첸은 멍한 얼굴로 정필을 응시하다가 갑자기 왈칵 뜨거운 눈물을 쏟았다.

"따거……!"

그는 너무도 감격하여 말을 잇지 못했다.

저녁 8시에 마감이라는데 꽁타첸은 서둘러서 북한 위해시 어업 출장소에 신청서를 제출했다.

신청서가 접수됐기 때문에 앞으로 열흘 안에 위해시 어업 출장소에 조업권을 사는 돈을 지불하면 된다. 40톤 한 척, 30톤

한 척, 20톤 어선 3척에 8백만 위안이다.

모선은 고기잡이를 하지 않기 때문에 따로 돈을 내지 않는다고 하니 그나마 다행이다.

갯벌은 정보 단위로 대여한다고 한다. 1정보에 3천 평이니까 정필은 10정보 3만평을 신청했다.

꽁타첸은 그동안 자신이 벌어놓은 돈이 3백만 위안이 있는데 그걸 보태겠다고 했다.

자금에 대해서는 아무것도 걱정하지 않는 정필이지만 꽁타첸의 제의만은 거절하기 어려웠다.

꽁타첸은 모선과 20톤급 어선 3척을 사려면 도합 3천만 위안은 있어야 한다고 했다.

한화 45억 원, 미화 4백만 달러 정도니까 큰돈은 아니다. 그돈을 투자해서 북한 주민들을 1,000명, 아니, 100명만 탈북시켜도 성공이다.

꽁타첸이 정필 일행을 자신의 집으로 안내했다.

집은 예전 그대로다. 그의 말에 의하면 한 번 고기잡이 조업을 나갈 때마다 한 척당 평균 2십만 위안의 수익을 올렸다고 한다.

어선이 2척이니까 4십만 위안이고 한화로는 6천만 원 정도이고, 한 달에 3번 출어하면 120만 위안, 어부들 임금을 지불하고도 매월 백만 위안의 수입을 올렸다고 한다. 한화로 1억 5천만 원 정도니까 예전 소형 어선으로 혼자서 고기잡이했을 때와 비교하면 떼돈을 버는 것이다.

그러면서도 그는 새집을 사거나 돈을 흥청망청 쓰지 않고 꼬박꼬박 모아서 3백만 위안을 만들었으며, 그걸 이번 조업권을 사는 데 보탰다.

"따거!"

후덕한 인상의 꽁타첸 부인이 한달음에 달려 나와 두 손을 앞에 모으고 공손히 인사하며 정필을 맞이했다.

"링사오(형수님), 하우지우부지엔러(오래간만입니다)."

정필이 꽁타첸 부인을 가볍게 포옹하자 그녀는 감격하여 눈물을 글썽거렸다.

꽁타첸은 정필이 자신의 아내를 '형수님'이라고 호칭해 준 것에 크게 감격했다.

꽁타첸 부인과 며느리가 저녁상을 거하게 차렸다.

정필 일행과 꽁타첸은 아까 대화를 나누면서 식당에서 저녁을 먹었지만 대화에 몰두하느라 먹는 둥 마는 둥 했기 때문에 꽁타첸네 온가족과 함께 둘러앉아서 얘기꽃을 피우면서 식사를 했다.

대화를 하면서 정필은 꽁타첸이 자신이 하고 있는 일에 대해서 가족들에게 전혀 말하지 않았다는 사실을 정필은 알게 되었다.

꽁타첸은 다만 이번에 정필이 북한 영해와 갯벌 조업권, 그리고 모선을 포함하여 배를 4척이나 더 사주게 되었다는 말을 가족들에게 해주었다.

설명을 들은 꽁타첸 부인이 일어나서 눈물을 흘리며 정필에게 허리를 굽히며 감사했다.

"따거… 청쇼우홍은(큰 은혜를 입었습니다)."

정필은 자신이 오히려 꽁타첸에게 은혜를 입었다는 말을 하고 싶었으나 그러면 탈북자 얘기를 해야 하기 때문에 그만두었다.

정필은 저녁을 먹으면서 꽁타첸 가족들이 번갈아가면서 술을 권하는 터에 꽤 취했다.

꽁타첸은 자신의 집에서 제일 좋은 이 층의 방 2개를 정필 일행에게 내주었다.

그러나 옥단카와 소영은 절대로 그와 떨어지려고 하지 않아서 세 사람이 함께 한 방에 들어갔다.

정필은 씻지도 않고 침대에 눕자마자 잠이 들었다. 자기들끼리 타협이라도 한 것처럼 옥단카와 소영이 양쪽에 누워서 그를 꼭 끌어안고 잠이 들었다.

정필이 잠에서 깬 것은 3시간쯤 지나서다.

그냥 놔두었다면 아침까지 푹 잤을 텐데 이상한 소리와 느낌이 그를 잠에서 깨웠다.

"하아아… 학학……."

이상한 소리는 소영의 입에서 토해지고 있었다. 그녀는 정필의 몸 위에 엎드려 있는데 그를 꼭 끌어안은 채 하체를 꿈틀거리면서 뜨거운 숨결을 토해내고 있었다.

그리고 이상한 느낌은 소영이 그의 몸 위에 엎드려 있는 중압감 외에 하체에서 느끼는 또 다른 깊고도 은밀한 느낌이었다.

소영은 정필이 눈을 뜬 것을 보고는 잠시 움직임을 멈추고 입을 맞추면서 속삭였다.

"하아아… 주인님, 일어나셨습까……."

"뭐 하는 거야?"

"화나셨습까?"

정필은 어둠 속에서도 소영의 얼굴에 겁먹은 표정이 설핏 떠오르는 것을 보았다. 그는 두 손을 뻗어 그녀의 벌거벗은 엉덩이를 끌어당겼다.

"아니다. 계속해."

소영은 하던 일을 계속했고, 정필이 고개를 옆으로 돌리자 거기에 옥단카가 새근거리면서 자고 있었다.

그렇지만 그는 옥단카의 숨소리가 불규칙한 것을 듣고 그녀가 자고 있지 않다는 사실을 알아차렸다.

밤 11시쯤, 잠에서 깬 정필이 화장실에 잠깐 다녀오는 동안 머리맡에 놔둔 휴대폰이 계속 진동하고 있었다.

"웨이."

—정필 군! 큰일 났네! 사고가 났어!

정필이 뭐라고 하기도 전에 장중환 목사의 악을 쓰는 듯한 고함 소리가 휴대폰에서 터져 나왔다.

"무슨 일입니까?"

—미스 정이 많이 다쳤어!

정필은 '미스 정'이 누군지 잠시 생각하다가 움찔 놀랐다. 장중환 목사는 다혜를 '미스 정'이라고 부른다. 그녀의 성이 정씨이기 때문이다.

"다혜 씨가요?"

—그 여자가 미스 정을 때리고 목을 졸랐어! 미스 정은 여기 병원에 입원했네!

정필은 장중환 목사가 말하는 '그 여자'가 권보영일 거라고 직감했다.

권보영은 손목에다 발목까지 수갑이 채워져 있는, 그리고 손목의 수갑이 앞좌석 손잡이 고리에 연결되어 있으며 눈까지 가려져 있는 상태다.

그런 그녀가 무슨 수로 무술 15단의 개두살이 다혜를 때리고 목을 졸랐는지 모를 일이다.

"다혜 씨가 얼마나 다친 겁니까?"

—자세한 건 모르겠네! 그 여자에게 머리를 맞고 목이 졸리고 나서 기절했는데 아직까지 깨어나지 못하고 있네! 여긴 대련병원 응급실이야!

"그 여자는 어디에 있습니까?"

—버스를 세우라고 소리치고는 도망쳤네!

"수갑을 찬 상태에서 말입니까?"

—그건 잘 모르겠네.

정필은 머릿속이 뒤숭숭하게 헝클어졌다. 권보영이 다혜를 기절시키고 도망칠 것이라고는 손톱만큼도 예상한 적이 없어서 충격이 더 컸다.

"버스는… 사람들은 어떻게 됐습니까?"

—내가 병원에 남고 길우 씨가 버스를 인솔해서 대련항에서 페리를 타고 위해로 출발했네.

"알겠습니다. 제가 지금 그쪽으로 가겠습니다."

—빨리 오게!

장중환 목사가 심각한 목소리로 외쳤다.

전화를 끊은 정필은 급히 옷을 입으면서 소영에게 말했다.

"소영아, 다혜 씨가 많이 다쳐서 병원에 입원해 있어서 가봐야 한다."

"주인님……."

소영이 놀라서 벌거벗은 몸으로 침대에서 내려오고 역시 벌거벗은 옥단카도 놀란 얼굴로 내려왔다.

"옥단카, 너는 같이 가자."

소영이 옷을 입을 생각도 하지 못하고 정필에게 다가오면서 걱정스럽게 물었다.

"다혜 씨가 얼마나 다친 겁까?"

"모르겠다. 가봐야 알 것 같아."

정필은 소영의 어깨에 손을 얹었다.

"소영아, 내가 돌아오지 않으면 다른 사람들하고 같이 그냥 출발해라."

"주인님을 앙이 보고는 가지 않갔슴다."

소영은 정필에게 바싹 다가와서 두 팔로 그의 허리를 안으며 눈물을 흘렸다.

"소영아."

정필은 소영의 머리를 쓰다듬으면서 타일렀다.

"다혜 씨가 다쳐서 내가 가봐야만 해. 그리고 너는 내가 없어도 대한민국으로 가야 된다. 알았지?"

"주인님……."

소영은 자신이 평생 마음속으로만 정필을 남편으로 섬기면서 살 테니까 그냥 고개만 한 번 끄떡여 달라고 통사정을 했었다.

그런 그녀가 너무 가련해서 정필이 이별의 선물처럼 섹스를 해주었던 것이다.

그런데 이제 그녀는 자기가 정필의 부인이나 애인이 된 것처럼 행동하고 있다.

아니, 그건 소영의 잘못이 아니다. 그녀가 착각을 하도록 정필이 만들었다.

"잊었어? 나를 마음속으로만 나그네라고 생각하면서 평생 살겠다고 말했잖아."

정필은 일부러 차갑게 말했다.

"네……."

정필은 벌거벗은 몸으로 오도카니 서서 눈물을 흘리고 있는 소영을 놔둔 채 옥단카와 함께 밖으로 달려 나갔다.

지금 그의 머릿속에는 다친 다혜와 그녀를 기절시키고 도망친 권보영에 대한 생각으로 가득했다.

쿠우우…….

흑천호가 밤바다를 최고 속도로 질주하고 있다.

정필이 꽁타첸에게 처음으로 사준 30톤짜리 어선이 흑천호고, 그 이름은 김길우가 지었다.

흑천호는 꽁타첸이 직접 운전하고 그의 뒤 의자에는 정필과 옥단카가 앉아 있다.

정필이 급히 대련에 가야 할 일이 있다면서 어떻게 가야지만 가장 빠르냐고 물으니까 꽁타첸이 다짜고짜 정필과 옥단카를 흑천호에 태웠다.

대련은 요동반도 끄트머리에 위치해 있고, 위해는 맞은편 산동반도 끝부분에 있다. 2개의 반도 서쪽이 황해, 즉 서해바다이고 동쪽은 발해만이다.

위해와 대련의 바닷길 직선거리는 약 200㎞이며, 천진(톈진)으로 돌아가는 육로 1,500㎞에 비할 바가 못 된다.

원래 대련으로 가려면 위해에서 50㎞ 거리에 있는 연태(옌타이)로 가서 페리를 타야 한다.

연길에서 출발한 탈북자들이 탄 버스도 대련항에서 페리에 실려서 위해로 오고 있는 중이다.

그렇지만 흑천호는 위해에서 곧장 일직선으로 대련까지 가고 있기 때문에 연태로 돌아가는 50㎞ 정도의 거리를 벌 수 있다.

또한 흑천호의 속도가 지상으로 치면 시속 50㎞ 정도이기 때문에 5시간 정도면 대련에 도착할 수 있다. 페리가 9시간

소요되고 육상으로 가야 하는 1시간까지 계산하면 흑천호는 절반의 시간이면 갈 수 있는 것이다.

"따거! 선실에서 좀 주무십시오!"

꽁타첸이 정필을 돌아보면서 엔진 소리 때문에 큰 소리를 질렀다.

정필은 고개만 가로저을 뿐 군은 얼굴로 대답하지 않았다.

지금 그의 머릿속에는 다혜에 대한 걱정으로 가득 찼다.

처음 장중환 목사에게 전화를 받았을 때에는 다친 다혜와 도망친 권보영에 대한 생각이 반반이었다.

그러나 시간이 지날수록 권보영에 대한 생각은 흐려지는 반면에 다혜에 대한 걱정이 눈덩이처럼 커져서 온 머리와 가슴을 다 지배했다.

"그년 죽여 버릴 거예요."

정필 옆에 오도카니 앉아 있는 옥단카가 정면을 쏘아보면서 차갑게 중얼거렸다.

어제 새벽 정필이 화장실에서 권보영의 발길질에 나가떨어졌을 때, 옥단카가 권보영의 목에 단검을 들이밀어서 정필을 구했었다.

그때 옥단카는 권보영을 단검으로 찔러서 죽이려고 했었고, 정필은 말렸었다.

그런데 만약 그때 말리지 않았더라면 지금처럼 다혜가 다치는 불상사는 일어나지 않았을 것이다.

도대체 다혜가 얼마나 다쳤기에 기절해서 깨어나지 못하고 있다는 것인지 정필의 속은 새카맣게 타들어갔다.

위해부두를 출발한 지 정확하게 5시간 25분 만에 흑천호는 대련부두에 도착했다.

정필은 배에서 내리기 전에 꽁타첸의 손을 굳게 잡았다.

"탈북자들 잘 부탁합니다."

지금까지 5번에 걸쳐서 탈북자 137명을 어선에 태우고 대한민국 해경 함정에 넘겨준 것은 전부 꽁타첸이 진두지휘를 했기 때문에 가능했었다.

이제 그는 탈북자들을 어선에 태워서 대한민국 해경 함정에 넘겨주는 일이라면 어느 누구도 따라오지 못할 정도로 경험이 풍부해졌다.

"염려 마십시오, 따거. 목숨을 걸고 완수하겠습니다."

꽁타첸은 믿음직스러운 표정을 지었다.

정필은 목소리를 조금 낮추었다.

"해경 함정에서 누군가 꽁타첸에게 가방을 하나 줄 겁니다. 그걸 받아서 북한 조업권 돈을 지불하십시오."

"아……."

꽁타첸은 가볍게 놀랐다.

"돈을 받아오는 겁니까?"

"그렇습니다. 내가 사용하기 쉽도록 위안화를 준비하라고 시킬 테니까 그걸 받아서 지불하면 됩니다."

꽁타첸은 정필의 철두철미함에 속으로 적잖이 감탄하면서 고개를 숙였다.

"알겠습니다."

부두에 내린 정필과 옥단카는 꽁타첸이 흑천호를 후진시켜 캄캄한 바다로 사라지는 것을 보고는 몸을 돌렸다.

택시를 탄 정필과 옥단카는 15분 후에 대련삼조병원이라는 곳에 내려 응급실로 달려갔다.

그러나 응급실에는 다쳤다는 다혜도 장중환 목사의 모습도 보이지 않았다.

정필이 응급실 직원에게 물어보니까 현재 다혜가 수술을 받고 있다고 했다.

3층에 있는 수술실로 달려 올라간 정필은 수술실 앞 의자에 앉아서 두 손을 모으고 기도를 하고 있는 장중환 목사를 발견했다.

그와 옥단카가 복도를 달려오는 발자국 소리를 듣고 장중환 목사가 그를 쳐다보며 반가운 외침을 터뜨렸다.

"정필 군!"

정필은 수술실 위에 '수술중'이라고 불이 켜져 있는 것을 힐끗 보았다.

"어딜 얼마나 다친 겁니까?"

"그게……."

장중환 목사가 어두운 표정으로 말을 하지 못하자 정필은 가슴이 철렁 내려앉았다.

"응급실 의사 말로는 미스 정의 목을 조른 거 때문에 의식 불명이라고 하네."

"으음……."

"목을 오래 조르고 있었기 때문에 뇌에 산소 공급이 끊어져서 혼수상태에 빠졌다는 것이네."

장중환 목사는 눈물을 흘리면서 하소연하듯이 말했다.

"도대체 어쩌다가 그렇게 된 겁니까?"

정필은 답답해서 미칠 것 같았다.

"그건 나도 모르네. 밤이라서 거의 다 잠들어 있었는데 어디선가 신음 소리가 나는 걸세. 그래서 불을 켜고 보니까 그 여자가 미스 정의 목을 조르고 있지 않은가."

"다혜 씨가 그 여자 옆에 앉아 있었습니까?"

"그렇네. 처음 출발할 때부터 미스 정이 그 여자 옆에 앉아서 지켰었네."

무슨 방법을 썼든지 간에 권보영이 앞좌석 손잡이 고리에 걸려 있는 수갑을 뺐던가, 아니면 어떤 기구를 사용해서 수갑을 푼 것이 분명하다. 그러지 않고는 옆에 앉은 다혜의 목을 조를 수가 없다.

더구나 정필은 권보영 발목에도 수갑을 채우지 않았는가. 그러니까 다혜가 잠든 틈을 이용해서 수갑을 풀고 불시에 그녀를 공격했을 것이다.

밤이어서 버스 안은 불을 꺼서 캄캄했을 것이고, 여우 같은 권보영은 그 어둠을 이용해서 수갑을 푼 게 분명하다.

그때 수술실 문이 열리더니 여자 간호사 한 명이 밖으로 나와 어디론가 가려는 걸 보고 정필이 급히 다가가서 어떻게 됐느냐고 물었다.

간호사는 지금은 수술중이라서 아무것도 말할 수 없으며 앞으로 3~4시간 더 지나야 수술이 끝날 것이라고만 알려주었다.

장중환 목사 말로는 수술 시작한 지가 이미 3시간이나 지났다고 했는데, 앞으로 3~4시간을 더 한다면 총 6~7시간의 대수술이다.

바삐 가려는 간호사를 붙잡고 대체 어딜 무엇 때문에 수술하느냐고 물었더니 간호사는 뇌 수술이라고만 대답하고는 총총히 사라졌다.

정필이 예상했던 대로 뇌 수술이다. 권보영이 다혜의 목을 오래 조르고 있었기 때문에 뇌에 산소 공급이 끊어져서 혼수 상태에 빠졌고, 이럴 경우에는 심하면 뇌사(腦死)에 빠질 수도 있다는 사실을 정필은 알고 있다.

"후우우……."

정필은 긴 한숨을 내쉬면서 두 팔로 머리를 감쌌다.

철컹…….

복도 끝에 있는 철문을 열고 나가니까 비상계단이 나왔다. 정필은 문을 닫고 그곳에서 담배를 입에 물고 라이터 불을 붙였다.

"후우우… 보영이 개 같은 년……."

권보영에 대한 증오심으로 속이 부글부글 끓었으며 담배 연기를 내뿜는데 욕이 저절로 튀어나왔다.

정필은 세상에 태어나서 북한의 김정일 이외에 누군가를 이처럼 증오해 본 적이 없었다.

그는 고등학교 3학년 때 처음 만난 여고 3학년생 나연에게 첫 동정을 바치고 두어 달 동안 사귀다가 헤어졌었다.

그 후 대학 1학년 때 만나서 1년 반 동안 사귀었던 희주와 섹스를 한 것 말고는 세상의 그 어떤 여자하고도 섹스를 한 적이 없었다.

그랬었는데 어제 새벽에 화장실에서 권보영을 강간했던 것은 정말로 예기치 못했던 일이었다.

그렇게 억지로 정필의 세 번째 여자가 된 권보영이 정필의 최측근이며, 오른팔이라고 할 수 있는 다혜를 저 지경으로 만든 것이다.

"후우……."

그는 길게 담배 연기를 내뿜으면서 담배를 버리고 발로 비벼 끄고는 휴대폰을 꺼냈다.

김낙현에게 다혜의 일을 알려주려는 것이다.

새벽 4시 이른 시간인데도 김낙현은 신호음이 3번 울렸을 때 전화를 받았다.

─웨이.

"최정필입니다."

─아… 정필 씨, 무슨 일입니까?

새벽 4시에 전화를 했으면 분명히 중요한 일인데도 김낙현은 차분하게 물었다.

정필은 정말로 하기 싫은 말을 쥐어짜내듯이 꺼냈다.

"다혜 씨가 다쳤습니다."

─어떻게 된 겁니까?

정필이 이른 새벽에 전화를 할 정도면 다혜가 심각하게 다쳤다는 것인데도 김낙현은 놀라거나 당황하지 않고 차분하게 물었다.

정필은 다혜에게 일어난 일을 설명해 주었다.

사실 정필은 자신이 대관절 무엇을 잘못했기에 이런 일이 생겼는지 아직까지도 깨닫지 못했다. 그래서 김낙현이 설명을 듣고 나서 지적을 해주기를 원했다.

─본국에는 내가 알리겠습니다.

그러나 설명을 다 듣고 난 김낙현은 단지 그 말만 했다. '본국'이라는 것은 안기부를 가리키는 것이다.

"그것뿐입니까?"

─내가 뭘 해주기를 바랍니까?

"다혜 씨는 김낙현 씨 부하 아닙니까?"

─아닙니다. 정필 씨 직속 부하입니다.

"……."

─잊었습니까? 정필 씨는 미카엘 팀 팀장입니다. 그리고 다혜는 미카엘 팀 요원입니다.

정필은 마치 커다란 해머로 뒤통수를 호되게 얻어터진 것 같은 충격을 받았다.

─내가 해줄 것은 이 사실을 본국에 보고하는 것과 정필 씨를 서포트해 주는 것 정도입니다. 내가 뭘 도우면 될지 말해 보십시오.

김낙현의 말은 어떻게 들으면 냉정할 수도 있지만 실상 지금 상황에서는 김낙현이 말한 것 외에는 해줄 것이 없다.

"권보영의 행방을 알아봐 주십시오. 아마 연길로 가고 있는 중일 겁니다."

―알았습니다. 하지만 나는 권보영을 어떻게 하지는 못합니다. 그녀를 처리하는 것은 정필 씨 몫입니다.

"알겠습니다."

전화를 끊기 전에 김낙현이 말했다.

―수술이 끝나면 결과를 알려주십시오.

사무적인 목소리에서 김낙현이 다혜를 염려하고 있다는 느낌을 읽을 수 있었다.

수술은 예상보다 길어져서 8시간 만에 끝나고 다혜는 중환자실로 옮겨졌다.

중환자실 면회는 제한적이기 때문에 정필 등은 딱 5분 동안 다혜를 볼 수 있었다.

코와 입에 산소호흡기를 부착하고 있는 다혜를 보는 순간 정필은 손으로 심장을 힘껏 움켜잡은 것 같은 충격과 고통을 맛보았다.

눈을 꼭 감은 채 입을 벌리고 있는 다혜는 뇌 수술을 하느라 머리를 박박 밀었으며 하루 사이에 더 이상 초췌할 수 없을 정도로 초췌한 모습이었다.

의사의 말로는 다혜가 혼자서는 호흡을 하지 못하기 때문에 산소호흡기를 달았으며, 쇠붙이 같은 둔기로 뒤통수를 강하게 맞아서 뒷머리 뼈가 함몰하여 그것 때문에 수술을 했다는 것이다.

다혜를 보고 있으려니까 가슴이 갈가리 찢어지는 것 같았지만 정필은 이를 악물고 그녀를 지켜보면서 이불 속으로 손을 집어넣어 그녀의 손을 잡았다.

"다혜 씨……."

언제나 힘이 넘치고 씩씩하던 다혜의 작은 손을 정필이 잡았지만 그녀의 손은 그의 커다란 손 안에서 맥없이 축 늘어졌다.

정필은 중환자실을 나온 후에 간호사의 안내로 수술을 집도한 의사를 만났다.

의사는 이틀 동안 더 지켜보다가 차도가 없으면 뇌사로 판정을 내릴 것이고, 그때 가서 산소호흡기를 제거해야 한다고 말했다.

"제거하지 마십시오."

정필은 나직하지만 강하게 말했다. 그가 너무 화가 나서 불길을 뿜는 듯한 눈빛으로 노려보는 바람에 의사는 겁을 먹고 의자에 앉은 채 움찔 몸을 떨었다.

"그녀를 살릴 수 있는 방법을 모두 써주십시오."

의사는 착잡한 얼굴로 고개를 가로저었다.

"지금은 지켜보는 것밖에 방법이 없습니다. 환자가 자력으로 호흡을 하기 시작하면 소생을 하는 것이고 하지 못하면 뇌사라고 봐야 합니다."

"이런 씨팔, 의사가 그것밖에 못 해?"

정필이 한국말로 하는 욕을 중국 의사는 알아듣지 못했지만 그가 사나운 표정을 지었기 때문에 그 말이 무슨 뜻인지 대충 짐작했을 것이다.

정필은 휴게실에서 장중환 목사와 대화를 나누었다.

"여긴 제가 지킬 테니까 목사님은 연길로 돌아가십시오."

장중환 목사는 어두운 표정으로 말했다.

"내가 연길로 돌아가도 괜찮을까?"

연길 베드로의 집이 공안들에 의해 습격을 당한 것처럼 노출이 됐으며 장중환 목사의 신분도 표면적으로 드러났으므로 연길로 다시 돌아가는 것은 누가 보더라도 미친 짓이나 다름이 없다.

"괜찮습니다. 제가 연길 공안국장에게 목사님을 건드리지 말라고 말해두었습니다."

"그래?"

장중환 목사는 환한 표정을 지었다. 정필이 어떤 방법을 썼는지는 몰라도 그가 하는 말은 무조건 믿을 수 있다.

"베드로의 집은 옮기는 게 좋겠습니다. 지금 사용하고 있는 아파트는 제가 처분하겠습니다. 연길에 있는 저희 회사 직원들에게 새로운 베드로의 집을 얻으라고 지시해 두겠습니다. 목사님께선 아무 걱정 마시고 가십시오."

"알았네."

"대련공항에 목사님 성함으로 항공편을 예약해 놨으니까 그걸 타고 가십시오."

"자네, 정말······."

정필이 없으면 아무것도 안 될 거라는 생각에 장중환 목사는 목이 메어 그의 손을 잡았다.

"목사님, 이건 제 생각인데······."

장중환 목사는 정필의 손을 놓지 않았다.

"베드로의 집을 주택으로 하는 게 좋겠습니다."

"좋기야 하지만 비싸서 말일세."

"한 구역에 200m~300m 거리를 두고 띄엄띄엄 세 집 정도 운영하는 겁니다."

장중환 목사는 눈을 크게 떴다.

"세 집씩이나 말인가?"

"두 집은 대한민국으로 보낼 탈북자들이 사용하고 한 집은 연길에 머무는 사람들이 사용하는 겁니다."

탈북자들이라고 해서 모두 대한민국으로 가는 게 아니다. 탈북자들이 베드로의 집이나 엔젤하우스에서 생활을 하다보면 현실에 눈을 뜨게 된다.

즉, 북한이 얼마나 쓰레기 같은 나라이고 대한민국은 열심히 노력하는 만큼 대가를 받을 수 있는 나라인 것을 알게 되는 것이다.

그래서 다들 대한민국에 가고 싶어 하기는 하지만 사정이 여의치 않으면 못 가는 것이다.

그 사정이라는 것은 북한에 가족이 남아 있다는 이유 하나뿐이다.

어쩔 수 없는 상황 때문에 가족이 북한을 떠날 수 없는 처지거나 연길로 탈북시킬 때까지 탈북자들이 머물면서 생활할 수 있는 공간이 필요하다.

그렇다고 대한민국으로 갈 사람들과 연길에 남아 있을 사람들을 뒤섞어놓으면 여러 가지 불협화음이 발생한다. 정필은 그걸 처음부터 차단하자는 것이다.

장중환 목사는 다혜를 잘 부탁한다고 신신당부를 하고는 대련공항으로 떠났다.

정필은 중환자실 앞 복도에서 대련공안국에서 찾아온 공안 2명을 만났다.

공안들은 둔기에 맞아서 뒷머리가 함몰되고 목이 조여서 혼수상태에 빠진 다혜 때문에 온 것이다. 아마 병원에서 신고를 했을 것이다.

다혜는 이곳 대련삼조병원 응급실에서 환자복으로 갈아입었으며 그녀가 입었던 옷과 소지품은 장중환 목사가 갖고 있다가 정필에게 건네주었다.

대련공안국의 공안은 다혜가 누구에게 폭행을 당했는지 사건 경위를 알고 싶어 했다.

정필은 다혜의 사진이 또렷하게 박혀 있는 길림성 당서기 특수 보좌관 비서관 신분증을 보여주었다.

2명의 공안이 화들짝 놀랄 때, 정필은 이번에는 자신의 길림성 당서기 특수 보좌관 신분증을 제시했다.

방만한 자세로 서 있던 2명의 공안은 소스라치게 놀라서 차렷 자세를 취하며 경례를 붙였다.

정필은 유창하지 않은 중국어로 사건 경위를 설명했다.

물론 탈북자에 대한 얘기는 빼버리고 북한 보위부 대위 권보영이 다혜를 습격하여 중태에 빠뜨렸으며, 반드시 권보영을 체포해야 한다고 거듭 강조했다. 그러면서 권보영의 용모에 대해서 자세히 설명해 주었다.

도망친 권보영은 연길로 가고 있을 것이다.

정필은 중국 공안국을 이용하든, 어떤 방법을 쓰든 기필코 권보영을 잡고 싶었다.

그리고 이번에 그녀를 잡으면 두 번 생각하지 않고 그 자리에서 죽여 버리고 말 생각이다.

정필은 휴게실에서 다혜의 소지품을 정리했다. 병원에서 내어준 가방 안에 든 옷과 소지품을 하나씩 정리하다가 그는 무언가를 발견하고 몸이 굳어버리고 말았다.

다혜 지갑의 보통 신분증을 넣어두는 투명한 칸에 전혀 뜻밖에도 정필의 사진이 꽂혀 있었다.

그것도 신분증 뒤쪽이 아니라 지갑을 펼치자마자 보이게 가장 위쪽에 있었다.

언제 찍은 것인지 정필이 식당 같은 곳에 앉아서 특유의 빙그레 부드러운 미소를 짓고 있는 독사진이다.

그리고 사진 아래쪽에 정필의 가슴에 비수를 꽂는 듯한 네 글자가 적혀 있었다.

다혜 애인

"허어……."

한숨도 아니고 탄식도 아닌 허탈한 소리가 정필의 입에서 흘러나왔다.

언젠가 밤중에 김길우네 집 거실에서 술을 마실 때, 다혜는 섹스에 대해서 한바탕 강론을 펼치면서 자기는 지갑에 있는 애인 사진을 보면서 자위행위를 하면서 외로움을 달랜다고 솔직하게 털어놓았었다.

그런데 그녀의 지갑에 있는 애인 사진은 뜻밖에도 정필이었다. 말하자면 그녀는 정필 사진을 보면서 자위행위를 했다는 뜻이다.

그런 사실을 정필은 까맣게 모르고 있었다. 만약 평소에 정필이 다혜의 지갑에 자기 사진이 들어 있다는 사실을 알았다면 그저 그러려니 시큰둥했을 것이다.

하지만 다혜가 혼수상태에 빠져 있는 지금, 그 사실을 알게 되었기에 가슴이 아프다 못해서 쥐어뜯는 것처럼 고통스러웠다.

다혜는 정필을 좋아하고 있었다.

*　　　　*　　　　*

다혜가 누워 있는 중환자실은 하루에 두 번 5분씩밖에 면회가 되지 않는다.

정필은 저녁 6시에 두 번째로 중환자실에 들어가서 다혜를 보고 나왔다.

물론 다혜는 별 차도가 없다. 그런데 이상하게도 아까 아침에 그녀를 처음 봤을 때보다 지금 두 번째로 봤을 때 정필은 더욱 견디기가 어려웠다.

다혜를 탈북자들 버스에 태운 사람은 정필이다. 권보영을 호송하는 것이 그녀의 임무였다.

권보영이 아니었으면 다혜를 그 버스에 태우지 않았을 것이다. 그러니까 결국 다혜가 이렇게 된 것은 정필 때문이다. 그의 책임인 것이다.

다혜는 정필의 그림자라고 자처하는데 실상은 처음에만 붙어 다녔을 뿐이지 나중에는 정필과 함께 어딜 다녀본 적이 별로 없었다.

그랬다가 정필이 라오스에 다녀온 이후, 다혜하고 좀 더 멀어진 것 같았다.

아마도 정필이 옥단카를 데리고 왔기 때문일 것이다. 예전에는 다혜가 정필의 그림자로 자처하고 다녔었는데 옥단카에게 그 자리를 뺏겼다고 생각했을지도 모른다.

정필이 중환자실에 다혜를 보고 나와 휴게실에서 담배를 피우고 있을 때 김길우의 전화가 왔다.

―터터우, 배 출발했습다.

"그렇습니까?"

탈북자들을 태운 배가 출발했다는 데도 정필은 시큰둥했

다. 지금 그의 머릿속은 온통 다혜에 대한 생각으로만 가득 차 있다.

―다혜 씨는 어떻습까?

"아직까지도 깨어나지 않는군요."

―네… 그렇습까…….

김길우의 목소리가 점점 작아지더니 갑자기 왈칵 울음을 터뜨렸다.

―으흑… 흐억……!

"길우 씨……."

―죄송함다……. 길티만… 다혜 씨가 너무 불쌍함다……. 저러다가 깨어나지 못하면 어캅니까? 으흐흑……!

평소 다혜하고 친했던 김길우가 말을 잇지 못하고 흐느껴 우는 소리를 들으면서 정필은 전화를 끊었다.

그제야 그는 자신 말고도 다혜의 불행을 슬퍼할 사람들이 있다는 사실을 깨닫게 되었다.

연길에서 다혜와 한솥밥을 먹은 사람들이나 그녀와 친분이 있는 사람들은 다 슬퍼할 것이다.

그리고 대한민국에는 그녀의 가족이 있다. 정필이 불행을 당하면 슬퍼할 가족이 있는 것처럼 다혜에게도 그런 가족이 있는 것이다.

그렇지만 다혜의 가족은 그녀의 불행에 대해서 전혀 모르고 있을 것이다.

김낙현의 보고를 받은 안기부가 그 사실을 즉각적으로 다혜 가족에게 알리지는 않았을 것이다.

그리고 그밖에 다혜와 개인적으로 친분이 있는 사람들도 그녀의 불행을 모르고 있기는 마찬가지다.

알고 있는 사람은 정필과 김길우, 장중환 목사, 꽁타첸 정도인데 그들이 섣불리 다혜에 대해서 떠들고 다니지는 않을 터이다.

정필은 아직 눈물은 나지 않지만 만약 다혜가 잘못된다면 통곡을 할 것만 같다.

병원에서 정필과 옥단카가 사용하라라면서 1인용 병실 하나를 내주었다.

그가 길림성 당서기 특수 보좌관이라는 사실이 알려졌기 때문에 병원에서 특별 대우를 해주는 것이다.

뿐만 아니라 이 병원에서 최고의 의사들이 다혜에게 붙어서 치료를 하고 있다.

아니, 그녀는 자력으로 깨어나기 전에는 무엇을 해도 소용이 없으니까 최고의 의사들이 그냥 관심 깊게 지켜보고 있다고 해야 옳은 말이다.

병원에서 특실을 내주었지만 정필은 그 방에 들어가 본 적도 없다.

늘 중환자실 앞 복도 의자에 앉아 있거나 거기에 딸린 휴게실에서 지내고 있기 때문이다.

다혜가 사경을 헤매고 있는데 자기만 편안하게 휴식을 취한다는 게 죄를 짓는 것만 같았다.

정필과 옥단카가 이 병원에 온 지 만 하루가 지났다.

그는 휴게실에 앉아서 너구리를 잡고 있었다.

덜컹—

갑자기 휴게실의 덜렁거리는 문이 열렸다. 그렇지만 정필은 의자에 앉은 채 줄기차게 담배만 빨아대고 있었다.

"링디."

"……."

정필이 고개를 들고 앞을 쳐다보았지만 휴게실 안에 가득 차 있는 뽀얀 담배 연기 때문에 흐릿한 사람의 형체만 보일 뿐이다.

그렇지만 방금 정필을 '링디'라고 부른 목소리는 위엔썬이 분명했다.

"따거."

정필이 부스스 일어났고, 활짝 열린 휴게실 문을 통해서 담배 연기가 빠져 나가면서 그곳에 우뚝 서 있는 정장 차림의 위엔씬 모습이 보였다.

"링디."

"따거."

위엔씬이 다가와 정필의 두 손을 덥석 잡았다.

위엔씬 뒤에는 부인 메이리가 서 있는데 정필에게 와락 안기면서 울음을 터뜨렸다.

"정필!"

정이 많고 여린 메이리는 다혜와 무척 친해서 동생처럼 아꼈었다.

대련공안국에서 정필과 다혜에 대해서 길림성 당서기 집무실로 보고를 한 것은 당연한 일이었다.

위엔씬은 보고를 받자마자 만사 제쳐두고 메이리와 함께 달려와 준 것이다.

정필은 위엔씬 덕분에 면회 시간이 아닌 데도 다혜를 한 번 더 볼 수 있었다.

"링디, 다혜를 장춘으로 데려가겠다. 장춘에는 여기보다 더 좋은 병원이 많아."

위엔씬은 다혜가 혼수상태라는 사실을 알고 몹시 놀랐었다. 자신이 그 정도인데 하물며 정필이 얼마나 상심하고 있을지 충분히 짐작했다.

"아닙니다. 연길로 데려가겠습니다."

"연길병원은 그다지 좋지 않다네."

"따거, 다혜 씨가 깨어나는 것은 사람 손에 있는 것이 아니라고 합니다."

"그런가?"

위엔씬도 의사의 설명을 들었기 때문에 더 이상 고집을 부리지 않았다.

"대련공항에 내 전용기가 있네. 그걸 타고 가게."

위엔씬은 자신이 장춘에서 타고 온 전용기를 내주었다.

"여보, 제가 정필을 따라가겠어요. 다혜 씨는 돌볼 사람이 필요해요."

메이리가 절대로 물러서지 않겠다는 표정을 지으며 말했다.

"그래. 같이 가서 어떻게든 링디의 도움이 돼주시오."

정필과 위엔씬은 복도로 나와서 얘기를 나누었다.

"다혜는 어쩌다가 저리 된 것인가?"

위엔씬의 물음에 정필은 얼른 대답하지 못했다. 대답을 하려면 탈북자에 대해서 말해야만 하기 때문이다.

위엔씬은 정필 어깨에 손을 얹었다.

"링디, 나는 자네가 대준 자금으로 더 높은 권력에 오르기 위해서 도전하고 있네. 그것은 내 목숨을 자네 손에 맡겼다는 뜻이야."

정필이 쳐다보자 위엔씬이 진지한 표정으로 말했다.

"우린 한 배를 탄 거야."

정필은 무겁게 입을 열었다.

"저는 따거께서 제가 하는 일에 대해서 모르고 계시기를 바랍니다."

"어째서 그런가?"

정필은 위엔씬과 마주 서서 그를 똑바로 쳐다보았다.

"솔직하게 말씀드리면 이미 저는 따거의 도움을 많이 받았습니다."

"나는 자넬 도와준 적이 없어."

"사실 따거께서 저와 다혜 씨, 길우 씨에게 만들어주신 신분증이 많은 도움이 됐습니다."

"그런가?"

정필은 진지한 표정을 지었다.

"지금 이런 식으로만 도와주시면 됩니다. 아니, 따거께선 가만히 계시기만 하면 됩니다. 그리고 나중에 따거께서 중국을 좌지우지하실 권력을 갖게 되시면 그때 큰 부탁을 하나 드리겠습니다."

"흠."

위엔씬은 고개를 끄떡였다. 그는 아무 말도 하지 않았지만 자신이 나중에 절대적인 권력을 쥐게 될 때 정필이 히게 될 부탁 때문에 그가 돕고 있는 것이라는 생각이 들어서 조금 서운해졌다.

"한 가지 분명히 말씀드리고 싶은 것은."

정필은 더욱 진지한 표정을 지었다.

"도움이나 부탁이 아니더라도, 단지 우리가 의형제라는 이유만으로 저는 따거를 무조건 도울 겁니다."

그는 자신의 부족한 중국어가 위엔씬에게 제대로 전달됐는지 조금 걱정이 됐다.

"우리가 의형제라는 이유만으로 말이지?"

"그렇습니다."

"자네……."

"나중에 우리가 설사 잘못되더라도 따거께서 저를 도운 게 없다면 죄가 가벼워질 수 있습니다."

위엔씬의 표정이 엄숙해졌다.

"자네가 단지 의형제라는 이유만으로 자금을 대주었기 때문이겠지?"

"그렇습니다."

"알았네."

정필이 생각난 듯 물었다.

"그런데 하시는 일은 잘되고 있습니까?"

위엔씬은 빙그레 미소 지으며 고개를 끄떡였다.

"아주 잘 되고 있네. 나는 이번에 돈의 위력이라는 게 정말 대단하다는 사실을 절실하게 깨달았네."

그는 정필이 준 막대한 자금으로 은밀하게 물밑 작업을 하고 있는 중이다.

"이건 제 생각입니다만."

"뭔가?"

"지금 링링이 연길에 있는 제 회사에서 일을 배우고 있잖습니까?"

위엔씬은 어떤 생각을 떠올리고 빙그레 미소를 지었다.

"그렇지."

정필은 위엔씬이 미소를 짓는 이유가 궁금했지만 계속 말을 이었다.

"조만간 장춘에 흑천상사 지점을 내서 링링에게 맡기려고 합니다."

위엔씬은 깜짝 놀랐다.

"장춘에 외제차 회사를 세우고 그걸 링링에게 맡기겠다는 말인가?"

"그렇습니다."

위엔씬은 두 손을 내저었다.

"링링은 아직 어린 데다 아무것도 모르네."

"그렇지 않습니다. 저는 링링처럼 총명한 여자를 본 적이 없습니다. 링링에게 장춘 지점을 맡기면 아주 잘 해낼 것이라고 생각합니다."

"흠… 그럴까?"

정필은 조금 목소리를 낮추었다.

"그렇게 해서 장춘 지점에서 나오는 수입 전액을 따거께서 사용하도록 하십시오."

위엔씬은 깜짝 놀랐다.

"헛? 내가 그 돈을 쓰라고?"

정필은 한술 더 떴다.

"딸이 번 돈을 아버지가 사용하는 것이기 때문에 법적으로도 문제가 없을 겁니다. 그리고 제가 별도로 장춘 지점으로 매월 천만 위안씩 보내 드리겠습니다."

천만 위안이면 미화 140만 달러쯤 되고 한화로는 15억 원쯤 되는 거액이다. 그렇지만 현재 정필이 갖고 있는 25억 달러 한화 2조 8,500억 원에서 매월 천만 달러 이상의 이자가 들어온다.

그러므로 정필이 아무리 열심히 돈을 써도 쓰는 것보다 쌓이는 돈이 더 많은 게 현재 실정이다. 매월 140만 달러쯤 위엔씬에게 지원하는 것은 별게 아니다.

위엔씬은 눈을 휘둥그렇게 떴다.

"자네……"

"그걸 따거께서 정치 자금으로 사용하십시오."

"그럴 수 없네."

크게 놀라던 위엔씬이 갑자기 딱 부러지게 거절하면서 두 손을 흔들자 정필이 그 손을 붙잡았다.

"따거, 기왕지사 하시는 거 중국 공산당 총서기가 되십시오. 그럼 그때 제가 한 가지 부탁을 하겠습니다."

"음……."

위엔씬은 묵직한 신음을 토해냈다.

제60장
이카루스의 날개

김길우가 다음 날 오전 대련으로 와서 정필과 합류했다.

정필은 대련삼조병원 의료진과 함께 다혜를 위엔씬의 전용기에 태우고 대련을 떠났다.

연길공항에는 미리 연락해 놓은 연길중의병원 의료진들이 구급차를 대기시킨 채 기다리고 있었다.

연길공항에는 병원 의료진 외에는 아무도 나오지 않았다. 정필이 아무에게도 연락하지 않았기 때문이다.

정필 일행은 택시를, 다혜는 구급차에 태워져서 조용히 연길중의병원으로 향했다.

다혜가 혼수상태에 빠짐으로써 눈코 뜰 새 없이 바쁘게 돌아가던 정필의 시간이 정지했다.

이틀 전까지만 해도 분초를 다투어가면서 살았던 정필이지만 지금은 매사에 의욕이 없다. 그저 다혜 옆에서 그녀가 외롭지 않게 지켜주고 싶을 뿐이다.

위엔씬이 미리 손을 썼는지 정필 일행이 연길중의병원에 도착했을 때에는 만반의 준비가 갖추어져 있었다.

한국으로 치면 30평쯤 되는 특대형 병실에는 환자 침대 외에 별도로 호텔방을 연상하게 하는 2개의 침실과 욕실이 붙은 화장실, 주방, TV. 냉장고 등 일체 가전제품이 구비되었으며, 전담 의료진이 다혜에게 배정되었다.

저녁 무렵에 김길우는 잠깐 집에 다녀오겠다고 나갔으며, 메이리는 링링을 만나겠다면서 김길우를 따라갔다.

정필은 김길우에게 다혜에 대해서 아무에게도 말하지 말라고 당부하지 않았다.

구태여 그런 말을 하지 않아도 김길우는 입이 무거워서 함부로 떠벌이지 않는다.

정필은 다혜가 누워 있는 침대 옆에 앉아서 그녀의 손을 꼭 잡고 있다.

그리고 그 옆에는 옥단카가 꼿꼿하게 앉아서 언제나처럼 그를 지키고 있다.

정필은 다혜의 손을 잡은 채 손등으로 그녀의 뺨을 쓰다듬듯이 어루만졌다.

때로는 부드럽게 머리카락을 쓸어 올리기도 하고, 귀 뒤로 넘겨주기도 했다.

그러면서 이런저런 말을 해주었다. 마치 그녀가 듣고 있기라도 한 것처럼.

"자꾸 두 번 세 번 말하게 하지 마. 이대로 가버리면 정말 용서하지 않을 거야. 저승까지 따라가서 눈물이 나도록 엉덩이를 때려주겠어."

정필은 김길우와 메이리가 나간 이후 30분 넘게 다혜에게 얘기를 해주고 있는 중이다.

혼수상태인 그녀가 듣지 못한다는 것을 알지만 캄캄한 곳에서 혼자 너무 외로울 것 같아서 말동무라도 돼주려는 단순한 생각에서다.

"이제 우리 말이야. 일은 대충 하기로 하고 앞으로는 이것저것 해보지 못한 일들 하면서 실컷 놀아보는 것도 좋겠어. 알았지? 일도 중요하지만 빌어먹을 일만 하다가 아까운 젊은 청춘 다 가겠어."

정필은 절대로 말이 많은 사람이 아니다. 오히려 지나칠 정

도로 과묵해서 어떨 때는 하루 종일 채 열 마디도 하지 않는
날이 있을 정도였다.

그런 그가 듣지도 못하는 다혜에겐 수다스러울 정도로 혼
자 중얼거리고 있다.

어디 말뿐이겠는가. 다혜가 깨어난다면 그녀가 원하는 것이
라면 무엇이든 해주고 싶은 것이 그의 진심이다.

돈 드는 일이 아니라고 그냥 해보는 헛소리가 아니라 다혜
가 깨어나기만 한다면야 정말 힘닿는 데까지 무엇이든 다 해
주고 싶다.

정필은 누가 듣기라도 하는 것처럼 목소리를 낮추었다.

"다혜야, 그리고 앞으로는 자위 같은 거 하지 마라."

머리맡의 가습기에서 부연 김이 사아아… 하는 소리를 내
며 안개처럼 흘러나오고, 다혜의 입과 코를 덮고 있는 산소호
흡기에서 쉬이이… 쉬이이… 하는 소리가 마치 그녀가 숨을
쉬고 있는 것처럼 들렸다.

"하고 싶으면 언제든지 나한테 말만해. 아주 뻑 가게 해줄
테니까, 이래 봬도 나 변강쇠야. 그거 몰랐지?"

남이 들으면 정신 나간 놈처럼 그는 쉬지 않고 혼자 계속
중얼거렸다.

정필이 다혜 머리카락을 쓸어 올리면서 깨어나면 삼천리강

산에서 술을 진탕 마시자고 말하고 있을 때, 갑자기 병실 문이 거칠게 벌컥 열리더니 한 무리의 사람이 우르르 쏟아져 들어왔다.

"다혜야!"

"다혜 언니!"

"다혜 씨!"

정필과 옥단카가 깜짝 놀라서 쳐다보니까 뜻밖에도 영실과 한송이, 재영, 링링, 서동원 부인 방실이 등 다혜를 알고 있는 거의 모든 사람이 비명처럼 다혜를 부르면서 병실 안으로 달려 들어왔다.

그리고 그 뒤에 김길우와 메이리가 활짝 열린 병실 문 안쪽에 서 있었다.

김길우가 씁쓸한 표정을 짓고 있는 것으로 봐서 메이리가 다혜 일을 모두에게 알린 것 같았다.

영실은 굴러가듯이 침대로 달려들면서 숨이 넘어갈 것처럼 울부짖었다.

"아이고! 다혜야! 이거이 어케 된 일임메? 어흐흑……!"

영실이 다혜를 부둥켜안으려고 하는 것을 정필이 그녀를 떼어놓느라 애를 먹었다.

영실은 다혜를 친동생처럼 여겼기 때문에 다혜의 이런 모습을 보고는 충격이 남달랐다.

한집에서 한 식구처럼 지냈던 한송이와 방실이도 침대로 모여들어 우느라고 정신이 없다.

정필이 영실을 뜯어말리자 그녀는 정필의 어깨를 때리면서 원망했다.

"아유우… 정필아이……! 흑흑! 너래 어카다가 다혜를 이케 만들 거이가?"

"영실 누님."

영실이 정필을 원망하는 것도 무리가 아니다. 다들 정필 하나만 보고 그를 돕겠다고 모여서 물불 가리지 않고 일해온 사람들이 아닌가.

그러니 그들을 내 몸처럼 보호하고 돌보는 것이 정필의 일인데, 그게 소홀해서 다혜가 이 지경이 된 것이다. 그래서 욕을 먹어도 싸다고 생각하는 정필이다.

그때 의사와 간호사들이 달려 들어와서 환자에게 해롭다면서 다들 밖으로 내몰았다.

정필은 영실 등을 달래서 돌려보내기 위해서 병실 밖 복도로 나왔다.

"영실 누님, 여기에 모여 있어봤자 다혜한테 도움에 안 되니까 돌아가십시오."

링링이 정필 앞으로 바싹 다가서 그의 손을 잡으며 걱정스러운 표정을 지었다.

"삼촌, 얼굴 좀 봐요. 시체 같아요. 다혜 언니 돌보다가 삼촌 먼저 쓰러지겠어요."

김길우도 걱정스러운 표정으로 말했다.

"다혜 씨가 저렇게 됐다는 말을 듣고는 터터우 아무것도 드시지 앙이하고 잠도 앙이 주무셨슴다."

"나는 괜찮습니다."

정필은 이틀 동안 잠을 자기는커녕 아무것도 먹지 않았다. 그저 물을 두어 컵 정도 마셨을 뿐이다. 그런데도 전혀 배고프지 않고 피곤하지도 않았다.

다혜를 살펴보고 나온 의사가 말했다.

"환자를 도울 수 있는 사람은 환자 자신뿐입니다. 될 수 있으면 환자를 혼자 있게 해주십시오. 주위가 어수선하거나 시끄러우면 환자에게 악영향을 끼칠 수 있습니다."

다른 사람도 아니고 담당 의사가 하는 말이기 때문에 정필도 반박하지 못했다.

방실이가 나섰다.

"여기는 제가 있갔으니끼니 터터우께선 집에 가셔서리 좀 쉬시라요."

"그러십시오. 의논드릴 것도 있슴다."

정필은 다혜가 깨어나기를 기다리는 것은 단시일이 아니라 긴 싸움이 될 것 같다는 생각이 들었다.

그는 방금 전 김길우가 '의논드릴 것이 있다'는 말에 자신이 일개인이 아니라는 사실을 비로소 깨달았다.

그가 멈춰 있으면 탈북자들을 구하는 일도 정지한다. 이틀 동안 아무것도 하지 않고 다혜 곁에 있었지만 연길에 왔으니까 이제 움직여야만 한다.

다혜 때문에 예전처럼 발 빠르게 움직이지는 못한다고 해도 탈북자들을 구하는 일을 멈출 수는 없다.

정필은 연길공안국장 장취방에게 전화를 해서 공안 두 명을 보내 달라고 하여 다혜 병실 앞을 지키도록 했다.

이어서 정필은 김길우가 몰고 온 레인지로버를 타고 재영, 옥단카 등과 함께 연길공안국으로 가서 장취방을 만났다.

정필에게 200만 달러, 중국 위안화로 1,700만 위안을 받고 탈북자 76명을 넘겨준 장취방은 하루아침에 돈방석에 앉아 입이 귀에 걸려 있었다.

더구나 정필이 장차 연길에서 큰 사업을 할 것이고 장취방이 퇴직하면 그 사업체에서 일할 수 있도록 해준다고 약속했기 때문에 그야말로 천하를 다 가진 기분이다.

"무슨 일입니까?"

장취방 자신에게 일확천금을 안겨주고 장래까지 책임져 주는 데다 길림성 당서기 특수 보좌관이라는 막강한 신분의 정필이므로 추호도 언행을 함부로 할 수 없는 장취방이다.

"협조를 구할 게 있습니다."

정필은 부동자세로 서 있는 장취방에게 소파 맞은편을 가리켰다.

"앉으십시오."

소파의 정필 양쪽에는 재영과 김길우가 앉아 있고 뒤에는 옥단카가 서 있으며, 장취방은 맞은편에 조심스럽게 앉아서 두 손을 앞에 모았다.

"무슨 일입니까?"

정필은 단도직입적으로 말했다.

"권보영을 잡아주십시오."

"권 대장을 말입니까?"

정필의 눈에서 불길이 이글거렸다.

"권보영을 잡아주면 사례하겠습니다."

장취방은 두 손을 저었다.

"사례는 됐습니다."

정필이 준 2백만 달러, 1,700만 위안이면 그는 연길에서 몇 손가락 안에 꼽히는 부자로 죽을 때까지 떵떵거리면서 살 수 있다.

또한 욕심이 지나치면 화를 부른다는 사실을 잘 알고 있으므로 다만 정필에게 은혜를 갚는다는 차원에서 적극적으로 협조할 생각이다.

"권 대장을 체포하려면 무슨 명분이 있어야 하는데……."

그러나 연길공안국장이라고 해서 무소불위의 권한을 지니고 있는 것이 아니다.

"권 대장은 북조선 보위부 요원으로서 정식 절차를 거쳐서 연길에 나와 있는 사람이라 무조건 체포했다가는 중국과 북조선 간에 마찰이 생길 겁니다."

장취방은 곤란한 표정을 지었다.

정필은 그가 하기 싫은 것이 아니라 정말 곤란한 입장이라는 것을 간파했다.

"내 비서관을 공격해서 중태에 빠뜨렸습니다."

"에엣?"

장취방은 깜짝 놀랐다.

"비서관이라면?"

"길림성 당서기께서 직접 임명하신 특수 보좌관인 내 비서관 말입니다. 그녀는 지금 연길중의병원에 혼수상태로 누워 있습니다."

"아… 그럼?"

장취방은 아까 정필이 공안 두 명을 연길중의병원으로 보내 달라고 한 이유를 이제야 깨달았다. 그는 강한 의지를 보이면서 고개를 끄떡였다.

"알겠습니다."

"위엔씬 당서기께서도 알고 계십니다."

"그… 렇습니까?"

장취방은 이 일에 자신의 명운이 걸려 있다는 사실을 깨달았다.

"연길시의 전 공안과 경찰, 군대를 동원해서 반드시 권 대장을 잡아들이겠습니다."

정필은 김길우네 집으로 돌아왔다.

항상 외출하고 돌아오면 반갑게 맞아주던 소영의 예쁘고 수줍은 모습은 더 이상 없다.

"오… 셨습까?"

그 대신 몸이 성하지 않은 우승희가 소파에 눕듯이 앉아 있다가 힘겹게 일어서며 반겨주었다.

우승희는 평화의원에 매일 빠지지 않고 다니면서 물리치료를 받은 덕분에 많이 좋아졌다.

그렇다고 해도 이제 겨우 걸음을 옮길 수 있을 정도지 다 나은 것은 아니다.

평소 같으면 걸어 다니는 우승희를 보고 웃으면서 뭐라고 칭찬의 말이라도 해주겠지만 지금은 그럴 기분이 아니라서 정필은 그저 고개를 끄떡여 주었다.

우승희는 뭐가 어떻게 된 일인지 모른다. 그녀는 방에 누워 있다가 화장실에 가려고 나왔는데 집이 텅 비어 있고, 왠지 을씨년스러워서 혼자 거실 소파에 앉아 있었는데 정필 일행이 들어온 것이다.

그녀는 정필이 어딜 갔다가 왔는지 서동원 부인 방실이에게 들어서 알고 있다.

하지만 들어선 정필과 일행의 표정이 매우 어두워서 직감적으로 뭔가 잘못됐다는 것을 느꼈다.

정필과 일행은 거실 바닥 테이블 주위에 둘러앉았고, 영실이 서둘러 주방으로 들어갔다.

우승희는 엉거주춤 서 있는데 한송이가 다가와서 그녀를 부축하여 소파에 앉혔다.

정필과 재영, 김길우, 옥단카가 테이블에 둘러앉아서 탈북자들에 대해서 의논을 하는 모습을 보고는 우승희가 한송이에게 속삭였다.

"송아, 무슨 일이 있니?"

한송이는 눈물을 글썽이면서 더 작은 목소리로 우승희 귀에 입을 대고 다혜에 대해서 설명해 주었다.

'권보영이가?'

설명을 다 듣고 난 우승희는 몹시 놀라 눈을 동그랗게 떴다.

정필의 자금으로 북한을 오가면서 밀무역을 하고 있는 청강호는 이즈음 북한 함경북도 곳곳에 여러 명의 조력자를 갖고 있었다.

물론 돈이나 값비싼 뇌물로 포섭해서 조력자로 만들었으며 지금까지 그들을 통해서 위험에 처한 수십 명의 북한 사람을 구해냈다.

청강호는 이번에도 조력자들을 움직여서 정필이 부탁한 북한 사람 몇 명을 중국 도문 맞은편 온성에 데려다놓았다고 연락이 왔다.

김길우가 엔젤하우스 3층에서 지내고 있는 은숙을 데리고 내려왔다.

"여기 앉아라."

김길우는 정필과 재영, 옥단카가 앉아 있는 테이블 앞에 은숙을 앉혔다.

정필은 자신의 뒤쪽 소파에 앉아 있는 우승희를 쳐다보았다.

"승희 씨도 잘 들어요."

"네?"

한송이와 나란히 앉아 있던 우승희는 깜짝 놀랐다.

"얘기하세요."

정필의 말에 김길우가 은숙과 우승희를 번갈아 보면서 설명했다.

"은숙이 언니 은정이하고, 우승희 씨 부모님이 지금 온성에 와 있슴다."

"네에?"

"그… 거이 무시기 말임까?"

은숙과 우승희는 소스라치게 놀랐다.

"말 그대로임다. 은숙이 언니 은정이는 코빠크에서 빼내서리 온성으로 데려왔고, 우승희 씨 부모님은 어제 낮에 청진을 출발해서리 저녁에 온성에 도착했슴다. 지금 온성의 민가에 머물고 있슴다."

"아아……."

"고거이 참말임까?"

김길우가 자세히 설명하자 은숙과 우승희는 놀라고 감격하여 어쩔 줄을 몰랐다.

"우리 부모님이 맞슴까? 혹시 사람을 잘못 데려온 거이 아님까?"

우승희는 도저히 믿을 수 없다는 듯 재차 물었다.

김길우는 수첩에 적힌 이름을 말해주었다.

"아바이 이름이 우정만이고, 아매가 김점례 아임까?"

"마… 맞슴다!"

우승희는 비명을 지르듯 외쳤다. 그녀는 어느새 눈물을 펑펑 쏟아내고 있었다.

"아바이가 폐병을 앓고 있는 거이 맞슴까?"

"으흐흑……! 맞슴다……!"

김길우는 부드러운 미소를 지었다.

"터터우께서 연길병원에 예약을 해두셨으니까니 아바이가 연길에 오는 즉시 입원하면 될 거임다."

"아유……."

우승희는 테이블에 놓인 서류를 뒤적이면서 읽고 있는 굳은 얼굴의 정필을 바라보다가 힘겹게 일어나서는 정필 뒤에 무릎을 꿇고 앉았다.

"흐으응……! 오라바이……."

그녀는 지금껏 정필을 호칭으로 불러본 적이 없었는데 지금 갑자기 처음으로 '오라바이'라고 불렀다.

정필이 뒤돌아보려고 하자 우승희가 어디에서 그런 용기가 났는지 뒤에서 두 팔로 그를 와락 끌어안았다.

"으흐흥……! 오라바이……! 고맙슴다……!"

우승희는 올해 25살로 정필보다 한 살 어리다. 그녀는 얼마 전에 한송이에게 물어봐서 정필의 나이를 알았다. 자존심이 센 그녀는 평생 어떤 남자한테도 오라바이라고 불러본 적이 없었다.

정필은 자신의 가슴을 꼭 안고 있는 우승희의 손을 풀고는 몸을 돌려 그녀와 마주 보며 손을 잡았다.

"이제 몸은 괜찮습니까?"

"흐으응… 저도 다른 에미나이들처럼 오라바이라고 부를 거임다……! 기니끼니 이자부터 오라바이도 제 이름을 불러주시라요."

정필은 그녀를 물끄러미 응시하다가 고개를 끄떡였다.

"알았다. 이제 움직이는 데 지장 없니?"

"괜찮습다… 흐으응……!"

정필은 우승희 얼굴이 해쓱한 것을 보고 소파에 등을 기대고 바닥에 편하게 앉도록 해주었다.

"오라바이, 길터만 우리 아바이 오래 못 살 거임다."

"결핵 때문에?"

"그렇슴다. 폐병은 불치병임다."

"누가 그런 헛소리를 해?"

재영이 툭 내뱉었다.

"우리 공화국에서는 폐병에 걸려서리 죽는 사람이 부지기수임다."

암살조 조장 우승희는 수도꼭지를 틀어놓은 것처럼 눈물을 흘렸다.

"우리 아바이 이자 겨우 47살인데 죽어야 하다이……."

이번에는 김길우가 나섰다.

"중국에선 폐병으로 죽는 사람 없슴다."

우승희는 깜짝 놀랐다.

"고거이 참말임까?"

"폐병은 고조 병원에서 주는 약 꼬박꼬박 챙겨먹고, 매 끼니마다 좋은 음식 잘 먹으면 고조 그냥 낫는 병임다."

정필이 우승희의 다리를 쭉 뻗게 하면서 부드럽게 말했다.

"은정이하고 너희 부모님은 오늘밤에 도강하고 만호는 내일밤에 오기로 했다."

"아아……."

"부모님 오시면 여기에서 같이 지내라."

"네에……."

정필은 은숙을 쳐다보았다.

"은숙이도 언니하고 여기에서 지내라."

"네, 오라바이……."

은숙이하고 우승희는 한도 끝도 없이 울었다. 우승희는 자신이 이렇게 눈물이 많은 여자인 줄은 처음 알았다.

영실이 차려준 밥을 먹은 후에 김길우는 삼천리강산 3층에서 일하는 성주를 데리러 갔다.

성주 엄마하고 여동생도 지금 온성에서 머물고 있는데 오늘밤에 도강하기 때문이다.

정필과 옥단카가 자신의 방 욕실에서 샤워를 하고 벗은 몸으로 나오는데 갑자기 방문이 열리면서 영실이 들어오다가 깜짝 놀랐다.

"옴마야……."

정필도 움찔 놀라서 급히 돌아섰다. 그러나 그는 어떤 생각을 하고는 다시 영실 쪽으로 몸을 돌리고 그녀에게 손짓을 했다.

"누님, 이리 오세요."

"정필아……."

영실은 정필을 똑바로 쳐다보지 못하고 주춤거렸다.

예전에 영실의 아파트에서 정필은 취중에 은애 친구 순임하고 섹스를 하려다가 스스로 놀라서 벌떡 일어섰는데, 그때 영실이 문을 열고 들어오는 바람에 그의 벌거벗은 몸과 크게 발기한 그것을 본 적이 있었다.

요즘 정필은 자신 주변의 여자들에 대해서 예전하고는 다른 마음을 갖고 대하고 있다.

그러는 데에는 은주의 배신이 기폭제가 되었으며, 그로 인해서 자신을 애타게 갈구하는 여자들에게 구태여 엄격하게 대할 필요가 없다는 사실을 깨달았다.

그래서 대한민국으로 떠나는 소영과 섹스를 했던 것이고, 같은 선상에서 권보영을 강간할 수도 있었다.

그랬다가 느닷없는 다혜의 혼수상태가 다시 한 번 정필의 정체성을 크게 뒤흔들었다.

다혜처럼 정필도 생과 사의 가느다란 외줄타기를 하고 있는 상황이다.

그러니까 그도 언제 어디에서 다혜 같은 봉변을 당할지 예측할 수 없는 것이다.

그래서 죽으면 썩을 몸인데 아껴서 뭐하겠느냐는 생각을 하게 되었다.

제대로 된 세계에서는 정필의 이런 생각이 비정상적일 것이다. 하지만 지금 그가 활동하고 있는 이곳은 절대로 정상적인 세계가 아니다.

그러므로 여기에서 살아가려면 비정상적인 마인드를 갖고 있어야만 하는 것이다.

영실은 정필의 방 침대에 혼자 누워 있다.

그녀는 조금 전까지 정필과 30분에 걸쳐서 격렬한 사랑을 나누었다.

그녀는 조금 전까지 자신에게 벌어졌던 일이 한바탕 꿈을 꾼 것만 같은 기분이다.

"아아……."

정필하고 얼마나 격렬하게 사랑을 나누었던지 그녀의 온몸은 땀으로 흠뻑 젖어서 마치 방금 샤워를 하고 나온 것 같았다.

키가 작고 아담한 체구인 영실의 벗은 몸은 20대의 싱싱한 아가씨하고 비교해도 손색이 없을 만큼 훌륭했다.

그녀는 올해 39살이 되었으며 평소에 정필의 큰누나처럼 행동했었지만 그와의 섹스 한 번에 모든 질서가 새로 정립되었다.

그녀에게 정필은 막냇동생 같은 사람이 아니라 어엿한 남자가 되었다. 그것도 하늘처럼 믿고 떠받들 수 있는 남편 같은 남자다.

그 섹스가 얼마나 황홀했는지 뭐라고 설명할 수가 없다. 그녀는 정필이 애무를 시작할 때부터 흐느껴 울기 시작해서 마지막 오르가즘이 길게 지속되는 3분 동안은 몸이 녹아버리면서 숨이 끊어지는 줄만 알았다.

조금 전까지 정필의 그것이 들어 있던 그녀의 은밀한 곳은 아직도 욱신거리고 뻐근했다.

그리고 그녀의 질 깊은 곳에는 정필이 사정한 정액이 가득 들어 있다.

남녀의 관계라는 것은 참으로 신기했다. 단 한 번의 섹스를 했을 뿐인데 정필이 마치 몇 년 동안 죽을 만큼 사랑했던 남편이나 연인처럼 여겨졌다.

영실은 이래도 되는 건가? 라는 생각이 조금 들었으나 크게 신경 쓰지 않았다.

이래도 되든지 안 되든지 상관없다. 정필과 함께 있을 수만 있다면, 그리고 그를 지아비로 섬기면서 딱 일 년만 같이 살 수 있으면, 그 다음에는 세상 사람들에게 돌팔매질을 당한다고 해도, 그가 훌쩍 떠난다고 해도 그 추억만 가슴에 깊이 안고 평생을 살아갈 수 있을 것 같았다.

영실은 정필의 잘생긴 얼굴을 떠올리면서 얼굴을 붉히며 나직하게 속삭였다.

"여보."

정필은 다혜에게 가서 2시간 정도 곁에 앉아 있다가 저녁 7시쯤에 병원을 나섰다.

김길우가 운전하는 레인지로버에 정필과 옥단카가 탔고, 재영은 혼자서 랜드크루저를 몰고 도문으로 향했다.

정필 일행이 도문에 도착하여 자주 들르는 조선족 식당에서 저녁을 주문하고 나서 담배를 피우고 있을 때 정필의 휴대폰이 울렸다. 연길공안국장 장취방이다.

—북조선 보위부 연길 지부에 나와 있는 보위 요원들을 모두 잡아들였는데 권보영은 없었습니다.

장중환 목사는 권보영이 대련을 30㎞쯤 남겨둔 지점에서 도망쳤다고 했었다.

대련에서 연길까지 육로로는 1,080㎞다. 30㎞를 빼면 1,050㎞

인데 권보영이라면 도망친 날로부터 오늘까지 3일 동안 충분히 올 수 있는 거리다.

걸어서는 절대로 올 수 없지만 권보영이라면 무슨 수를 써서라도 이미 도착했을 것이다.

그런데 장취방이 연길 지부의 보위 요원들을 모두 체포했는데도 권보영은 없다는 것이다.

―보위 요원들을 심문해서 권보영이 숨어 있을 만한 곳들을 찾아낼 겁니다.

현재로선 그 방법뿐이다. 그래서도 찾지 못한다면 권보영은 이미 북한으로 넘어갔을 가능성이 크다.

정필 개인이 권보영을 찾으려면 한계가 있다. 연길에서는 장취방이 최고니까 그에게 맡기는 게 좋을 것이다.

"부탁합니다."

정필은 그렇게 말하고 전화를 끊었다.

"정필아, 술 한잔할래?"

식당 아줌마가 테이블에 주문한 요리를 차리는 걸 보고 재영이 넌지시 물었다.

정필이 고개를 끄떡이자 재영은 식당 아줌마에게 한국 소주가 있느냐고 물어보았다. 그런데 뜻밖에도 한국 소주가 있다는 대답이다.

정필은 저녁 식사를 하면서 술을 마시는 동안 한마디도 말하지 않았다.

그의 머릿속은 다혜의 일과 소영, 영실의 일이 한데 뒤섞여서 아주 복잡했다.

정필은 소영이 대한민국으로 떠나기 전날 이별의 선물처럼 품에 안아주었다는, 조금 초라하긴 하지만 그럴싸한 명분이라도 있었다.

하지만 영실은 아니다. 욕실에서 씻고 벌거벗은 몸으로 나오는 모습을 영실이 보고 놀라는 순간, 정필은 욱! 하고 뭔가 치밀어 오르는 불같은 감정이 있었다.

그렇다고 영실을 안고 싶다는 욕정은 아니었다. 그저 거센 반항심 같은 것이었다. 그리고 그 감정에 충실하게 일을 저질러 버렸다.

하지만 정필은 이제 와서 자신의 행동을 후회하지 않는다. 그의 품속에서 영실이 그토록 황홀해하고 흐느껴 울면서 '사랑한다'는 말을 연발하는 걸 보고는 외려 잘했다는 생각이 들었다.

'운명 같은 게 있다면, 절대로 거기에 휘둘리면서 살지는 않을 거다.'

정필은 속으로 중얼거리면서 소주를 입속에 쏟아부었다.

밤 11시, 정필과 옥단카는 두만강 중국 쪽 석두하(石頭河)라는 마을 외곽 강가에 서 있었다.

청강호 말로는 오늘 밤에 북한 국경수비대 병사 한 명이 은정이와 우승회 가족, 그리고 성주 가족을 도강시켜 줄 거라고 했었다.

밤 11시 30분에서 12시 30분 사이에 도강할 거라고 했으니까 아직 시간이 남았다.

주위를 둘러보러 갔던 재영과 김길우가 돌아왔다.

"이상 없다."

근처에 다른 브로커나 중국 공안이라도 있는지 확인하러 갔었는데 깨끗하다는 것이다.

정필 일행은 우거진 누런 갈대숲 뒤쪽에 나란히 앉아서 담배를 피웠다.

"후우……."

자신이 내뿜은 하얀 담배 연기가 밤하늘로 흩어지는 것을 보면서 정필은 가슴 한 귀퉁이가 떨어져 나간 것처럼 허전한 것을 느꼈다.

어느 날 은애가 갑자기 사라졌으며, 은주가 배신을 하더니, 다혜가 뇌사나 다름이 없는 혼수상태에 빠져 버렸다.

정필에게 그것은 마치 전투에 나선 군인이 무장해제를 당한 것이나 다름이 없을 정도의 데미지다.

언제까지나 굳건할 줄만 알았던 정필은 요즘처럼 크게 의욕을 상실한 자신의 모습에 적잖이 놀라고 또 실망했다.

정필도 알고 있다. 지금 자신과의 싸움에서 지면 아마 탈북자들을 돕는 일을 접게 될 것이고, 극복하면 예전과 다름없이 계속할 것이라는 사실을 말이다.

"터터우, 잠깐만."

옆에서 같이 담배를 피우던 김길우가 문득 뭐가 생각났는지 정필을 한쪽으로 불러냈다.

"은애 씨에 대해서 알아보고 있는데 말임다."

"네."

김길우는 뜻밖에도 은애 얘기를 꺼냈다.

"여기저기에서 젊은 여자 시체를 봤다는 사람이 많기는 한데 말임다. 도통 은애 씨 얼굴을 모르니까니 이거이 전혀 확인이 앙이 됨다."

"그렇습니까?"

"혹시 은애 씨 사진 없슴까?"

김길우는 은애에 대해서 유일하게 알고 있는 사람이다. 정필이 그에게만은 모든 걸 고백했었다.

정필은 쓸쓸하게 고개를 저었다.

"없습니다."

혼령으로 만난 은애의 사진이 정필에게 있을 턱이 없다. 그러고 보니까 은애에 대한 것은 그녀의 모습을 눈으로 보고 만졌다는 것 말고는 아무것도 없다.

"구할 수 없을까? 은주 씨한테 전화해서리……."

김길우는 은주 얘기를 하다가 급히 입을 다물었다. 은주가 안기부 직원하고 깊이 사귀고 있다는 사실을 아내 이연화에게 듣고서 정필에게 전해준 사람이 바로 자신인데 그걸 깜빡 잊었던 것이다.

그런데 정필은 고개를 끄떡였다.

"알겠습니다. 전화해서 알아보겠습니다."

은애 사진이 있는지 알아보기 위해서 꼭 은주한테 전화를 하지 않아도 된다. 은애 부모가 더 잘 알고 있을 것이기 때문이다.

은주가 정필을 배신했다는 사실을 은주 부모도 알고 있다면 통화하는 게 좀 껄끄럽겠지만 은애의 시신을 찾아내기 위해서라면 어쩔 수 없다.

밤 11시 48분, 얼어붙은 두만강을 건너오고 있는 검은 그림자들이 흐릿하게 보였다.

정필 일행은 그들이 두만강을 완전히 건널 때까지 갈대숲 뒤에서 나오지 않고 지켜보면서 기다렸다.

김길우가 눈을 부릅뜨고 건너오고 있는 사람 수를 세어보고는 낮게 속삭였다.

"5명 맞슴다."

이윽고 강을 다 건너온 사람들이 중국 쪽 강변에 올라섰으며, 그들을 인솔한 북한 인민군 한 명이 누굴 찾는지 주위를 두리번거렸다.

그때 정필 일행이 바스락거리는 소리를 내면서 갈대숲 뒤에서 모습을 드러내자 인민군이 깜짝 놀라며 급히 어깨에 메고 있는 소총을 손에 잡았다.

"뉘기요?"

김길우가 앞으로 나서며 부드럽게 말했다.

"데리러 온 사람이오. 안심하기요."

"아… 그렇소?"

김길우 뒤에 있던 정필은 인민군이 누군지 알아보고는 엷은 미소를 지으며 앞으로 나섰다.

"너로구나."

"어… 형님!"

인민군은 가까이 다가온 정필의 얼굴을 보고는 지금 상황도 잊은 듯 반갑게 외쳤다.

"잘 지냈니?"

"형님!"

정필이 손을 잡자 인민군은 눈물을 글썽이면서 그의 품에 안길 듯이 가깝게 다가왔다.

오늘 탈북자들을 도강시켜 준 인민군은 예전에 정필이 18살

명옥과 남동생 명호, 엄마를 데리러 이곳에 왔을 때 만났던 소년 병사다.

그때 이 소년 병사는 명옥네 가족과 한유선, 혜주 모녀를 도강시켜 주고 있었다.

정필은 헤어질 때 소년 병사에게 1,000위안을 주면서 절반은 쓰고, 절반은 굶고 있는 사람들에게 먹을 걸 사주라고 말했었다.

"만나고 싶었습다."

소년 병사는 소총을 어깨에 다시 메고는 장갑을 벗고 두 손으로 정필의 손을 잡았다. 그의 차갑게 언 손에서 따뜻한 정이 느껴졌다.

정필은 소년 병사와의 해후를 잠시 뒤로 미루고, 그가 데리고 도강한 사람들을 한 명씩 살펴보았다.

"은정이 누구지?"

"접니다."

정필의 물음에 무리 속에서 한 여자가 손을 들고 앞으로 나서는데 얼굴에 겁을 잔뜩 먹은 표정이 역력하다.

정필은 18살 은숙과 많이 닮은 연년생 19살 언니 은정을 확인하고는 나란히 서 있는 깡마르고 병약해 보이는 부부를 보면서 물었다.

"만호 부모님이십니까?"

"그… 렇습다."

승희, 만호 부모는 두려움과 기대가 교차하는 복잡한 표정으로 정필을 바라보았다.

정필은 미소를 지었다.

"잘 오셨습니다. 곧 승희를 만나실 겁니다."

"승희라니… 갸는 군대 나가 있습다."

승희 엄마가 놀란 얼굴로 말했다.

"지금 연길 저희 집에 있습니다."

"아아… 그렇습까?"

"그리고 내일쯤 만호도 두만강을 넘어올 겁니다."

"아아… 여보, 나그네, 만호도 온다고 함다."

"내도 들었소."

승희, 만호 부모는 서로 손을 맞잡고 기쁨의 눈물을 흘렸다.

정필은 마지막으로 50대 여자와 25살쯤 돼 보이는 젊은 여자에게 물었다.

"성주 어머니하고 언니입니까?"

"그… 렇습다."

"성주도 저희 집에서 같이 살고 있습니다. 조금 이따가 만나게 될 겁니다."

"아아… 고맙습다… 고맙습다……."

모녀는 연신 허리를 굽혔다.

"업히십시오."

재영이 썩 나서서 거동이 자유롭지 못한 결핵에 걸린 승희 아버지에게 등을 내미는 걸 보고 정필은 무릎이 아픈 성주 엄마를 업었다.

"너도 차 있는 데까지 같이 가자."

정필이 말하고 성큼성큼 걸어가자 소년 병사가 그의 뒤를 바싹 따랐다.

"너 이름이 뭐니?"

정필은 5명을 레인지로버와 랜드크루저에 나누어서 태운 후에 소년 병사에게 물었다.

"전상곤임다."

정필은 레인지로버 대시보드에서 위안화 한 다발을 꺼내서 전상곤에게 주었다.

"이거 받아라."

"이… 거이 뭡까?"

그게 돈이라는 걸 몰라서 묻는 게 아니라 너무 큰돈이라서 놀란 것이다.

"반은 너 쓰고, 나머지 반은 사람들 먹을 거 사줘라."

전상곤은 눈을 커다랗게 떴다.

"이거이 얼맘까?"

"만 위안이다."

"형님, 이거이 너무 많슴다."

"많지 않다. 북조선에 굶어 죽는 사람 천지인데 그 사람들 다 구하려면 턱없이 모자라다."

전상곤은 반박할 말이 없어졌다.

"알갔슴다."

그는 돈을 개털슈바 안쪽 품속에 고이 넣으면서 차에 타고 있는 사람들을 턱으로 가리켰다.

"형님, 저 사람들 돈 받고 도강시켜 주는 거 아임다."

"그래?"

"그때 형님 만나고 나서 이때껏 50명쯤 도강시켜 줬슴다. 돈 앙이 받고 말임다."

"잘했다."

정필은 미소 지으면서 전상곤의 어깨를 두드렸다. 정필로 인해서 탈북자를 돕는 사람이 한 사람 더 생겼다는 사실이 조금쯤 위안이 됐다.

승희와 은숙, 성주는 긴장한 표정으로 뚫어지게 현관문만 주시하고 있다.

그녀들은 저녁 식사도 먹는 둥 마는 둥 하고 나서는 그때 부터 소파에 나란히 앉아서 꼼짝도 하지 않고 줄곧 현관문만 바라보고 있는 중이다.

정필이 자신들의 가족을 데리고 무사히 돌아오기를 기다리고 있는 것이다.

띠이… 띠띠… 띠…….

"아!"

"오라바이 오셨나 보다……."

그때 밖에서 누군가 현관문 도어키를 누르는 소리가 나자 세 여자는 화들짝 놀랐다.

덜컥!

"들어가세요."

현관문이 열리고 밖에서 정필의 목소리가 들리자 은숙과 성주는 벌떡 일어나 이끌리듯이 현관으로 달려가는데 아직 몸이 불편한 우승희는 겨우 일어서기만 했다.

쭈뼛거리면서 집안에 제일 먼저 들어선 은정이 은숙을 발견하고는 그 자리에 얼어붙었다가 갑자기 비명을 지르며 은숙에게 달려들었다.

"은숙아!"

"언니야!"

그 뒤에 재영에게 업혀서 들어온 승희 아버지와 어머니는 실내를 두리번거리다가 저만치 소파에 엉거주춤 일어나 있는 우승희를 발견하고 눈물을 흘렸다.

"아이구… 승희야……!"

"아유… 참말로 니가 여기 있구나……!"

우승희는 비틀거리면서 겨우 부모에게 걸어가면서 울음을 터뜨렸다.

"흐아앙……! 아매! 아바이!"

성주는 정필에게 업혀서 들어오는 엄마와 그 뒤에 따라서 들어오는 바싹 마른 얼굴의 언니 정주를 발견하고는 기쁨의 눈물을 쏟았다.

"아매……! 언니야……!"

"성주야……! 니가 우리 딸 성주로구나……!"

"어흐흑……! 성주야이……!"

정필은 성주 엄마를 소파에 조심스럽게 내려놓고 주위를 둘러보다가 부모에게 안긴 채 고통스러운 표정을 짓고 있는 우승희에게 다가갔다.

우승희는 몇 년 만에 부모를 만나서 반갑기는 하지만 다친 몸이라서 부모가 얼싸안고 흔드는 바람에 아파서 죽을 지경이다.

"어머니, 아버지, 잠깐만요."

정필은 우승희에게서 부모를 떼어놓았다.

"지금 승희가 다쳐서 몸이 성치 않습니다."

정필은 우승희를 번쩍 안아다가 소파에 앉히고 나서 머리를 쓰다듬었다.

"얼마 전에 저하고 세게 부딪치는 바람에 다쳤습니다. 그러니까 이렇게 살살 만지세요."

승희는 문득 정필이 오빠나 애인 같다는 생각이 들었다.

정필은 안기부에 전화를 걸었다가 자신이 작년 12월에 위해시에서 배로 대한민국에 보낸 탈북자들이 통일부의 모든 교육과정을 마치고 4일 전에 모두 사회로 나갔다는 사실을 알게 되었다.

정필은 은애 엄마 김금화가 배정받은 아파트 전화번호를 알아내서 전화를 했다.

"이보시오, 뉘기요?"

휴대폰에서 귀에 익은 김금화의 목소리가 흘러나왔다.

"최정필입니다."

"옴마야……."

정필은 김금화가 소스라치게 놀라는 모습이 손에 잡힐 것처럼 생생하게 그려졌다.

"어머니."

정필이 불렀으나 김금화는 대답하지 못하고 침묵만 지키고 있었다.

아니, 낮게 흐느껴 우는 소리가 들렸다. 김금화가 정필의 목소리를 듣고는 울고 있는 것이다.

그녀는 자신의 둘째딸 은주가 정필을 배신하고 다른 남자하고 사귄다는 사실을 알고 있는 것 같았다. 그래서 전화로도 정필을 대할 면목이 없어서 울고 있는 것이다.

이들 가족에게 정필이 도대체 어떤 존재라는 말인가? 남편 조석근과 아들 은철이 함경북도 무산읍에서 열흘 넘게 굶어서 죽어가고 있는 것을 정필이 직접 집까지 찾아가서 한 명은 업고 또 한 명은 안고서 두만강을 도강하여 연길로 데려왔었다.

또 정필은 은주를 구하러 심양의 룸싸롱에 갔었고, 엄마 김금화를 구하기 위해서 중국과 러시아의 국경 지대인 흑하시까지 가서 목숨을 걸고 그녀를 구해왔었다.

뿐만 아니라 그 당시 임신한 상태였던 그녀가 호텔에서 갑자기 하혈을 하면서 유산을 했을 때, 정필이 직접 그녀의 은밀한 곳 속으로 손을 넣어 죽은 아기를 꺼내주었다.

만약 정필이 아니었더라면 이 가족은 말 그대로 풍비박산 났을 것이다.

조석근과 은철은 무산에서 아사했을 것이고, 은주는 심양에서 룸싸롱을 전전하고 있을 것이며, 김금화는 흑룡강 강가에서 조선족 늙은이 구범식의 자식을 낳아 그곳에서 살고 있을 것이다.

그런 정필을 은주가 배신을 했으니 이 가족이 제정신을 갖고 있다면 얼굴을 들지 못하는 것이 당연하다.

그러나 정필은 김금화에게 은주의 배신을 타박할 생각은 눈곱만큼도 없다.

단지 은애의 사진을 갖고 있는지 알아보고 싶을 뿐이다. 그 역시 앞으로는 이들 가족하고 어떤 식으로든 연결되는 것을 원하지 않는다.

"어머니, 혹시 은애 씨 사진 갖고 있습니까?"

"……."

"은애 씨를 찾으려면 사진이 필요합니다."

김금화는 여전히 말이 없다. 아니, 차마 말을 할 염치가 없는 게 분명하다.

"여기 주소 불러 드릴 테니까 은애 씨 사진 있으면 보내주십시오. 적을 준비 됐습니까?"

정필은 김길우네 집 주소를 불러주고 전화를 끊었다. 그때까지도 김금화는 한마디도 하지 않았다.

새벽 2시가 돼서야 정필은 연길중의병원에 있는 다혜 곁으로 왔다.

그런데 뜻밖에도 영실이 다혜가 누워 있는 침대 옆에 앉아 있다가 정필이 들어서는 것을 보고는 깜짝 놀라서 발딱 일어섰다.

"정필 씨······."

'정필아'라고 이름을 불렀던 영실이 지금은 어쩐 일인지 '정필 씨'라고 부르고 있다.

정필은 영실이 왜 그러는지 안다. 그녀가 정필의 여자가 되었기 때문이다.

"다혜 씨는 어떻습니까?"

정필은 다혜를 굽어보면서 물었다. 거의 뇌사나 다름이 없는 다혜가 한나절 만에 좋아질 리가 없다는 걸 알면서도 그렇게 물어보았다.

"똑같습다."

게다가 영실은 정필에게 존대를 했다. 북한이나 중국에 사는 조선족은 아직도 보수적인 남존여비사상이 강하게 남아 있기 때문에 지아비라고 인정하는 남자에겐 절대적으로 복종하고 또 하늘처럼 여긴다.

두 사람이 사랑을 나눈 후, 정필도 영실이 예전처럼 누님이 아니라 한 사람의 여자로 여겨졌다.

그런 변화가 생길 것까지는 그는 예상하지 못했었다. 그렇다고 해서 그 일을 후회하진 않는다.

이제부터 정필은 여자에 대해서만큼은 내키는 대로 살 생각이다. 그래야 나중에 후회하지 않을 것 같았다.

정필은 침대 옆에 앉아서 가만히 다혜의 손을 잡았다.

"배고프지 않습까?"

영실이 정필 옆에 두 손을 앞에 모으고 다소곳이 서서 물어보았다.

"누님."

"네."

정필은 무슨 말을 하려다가 그만두고 말없이 영실의 손을 잡아끌어 옆에 앉혔다.

정필은 깜빡 졸았다가 이상한 느낌에 잠이 깼다.

그는 옆에 앉은 영실을 쳐다보았다.

영실은 그를 바라보고 있다가 눈이 마주치자 수줍게 배시시 미소를 지었다.

정필이 아래를 내려다보니까 그는 영실의 손을 잡고 있지 않았다.

방금 전에 그의 잠을 깨운 건 무엇인가 그의 손 안에서 꼼지락거리는 것을 느꼈기 때문이었다.

슥―

이불을 걷으니까 그의 커다란 손이 다혜의 손을 꼭 잡고 있는 게 보였다.

'설마……'

그는 입안이 바짝 마르면서 잡고 있던 다혜의 손을 조심스럽게 놓고 뚫어지게 주시했다.

그러기를 3분쯤 지났을 때 다혜의 검지와 중지 두 개가 꿈틀하고 작게 움직이는 게 보였다.

"아……."

정필이 탄성을 터뜨리는 걸 보고 영실과 옥단카도 다혜의 손을 뚫어지게 주시했다.

꿈틀…….

이번에도 검지와 중지 손가락 두 개가 움직였다.

"누님, 방금 다혜 씨 손가락 움직이는 거 봤습니까?"

"내래 똑똑하게 봤다. 다혜가 움직였슴다……!"

옥단카도 팔짝거리면서 소리쳤다.

"움직였다. 다혜, 움직였다."

정필은 벌떡 일어나 밖으로 달려갔다.

"의사를 불러오겠습니다!"

그는 복도를 달려가면서 기쁨으로 가슴이 벅찼다. 다혜가 소생한다면 그녀가 원하는 것은 모두 해줄 생각에 가슴이 더 벅차올랐다.

새벽에 불려온 의사는 다혜를 세밀하게 검사하더니 그녀의 혼수상태는 변함이 없다는 결론을 내렸다.

정필은 의사가 보고 있을 때 다혜가 또다시 손가락을 움직여주기를 기대했지만 그런 일은 일어나지 않았다.

의사는 혼수상태나 뇌사에 빠진 환자의 손이나 발이 근육 강직으로 가끔씩 움직이는 경우가 있으며 그게 소생의 징후는 아니라고 못을 박았다.

의사는 정필이 절반 이상 알아듣지 못하는 전문 용어를 남발하면서 쏼라쏼라 떠들어댔다.

그중에서 정필이 제대로 알아들은 말은 루창(변함없다)이라는 말이다.

정필의 잠을 깨운 것은 휴대폰 진동음이다.

정필과 그의 양쪽에 영실, 옥단카 세 사람이 다혜가 누워 있는 침대에 나란히 엎드려서 자고 있었다.

정필은 휴대폰을 열어 귀에 대고 소파 쪽으로 걸어갔다.

"웨이."

"터터우, 김길우임다."

정필이 벽시계를 보니까 아침 7시다.

"무슨 일입니까?"

"흑사파가 인신매매 큰 건을 한다는 정보임다."

"자세히 말해보세요."

"흑사파가 길림성과 흑룡강성에서 사들인 16살 이하의 나이 어린 탈북녀들을 해외로 반출한다는 검다."

정필은 움찔했다. 16살 이하면 아예 어린 소녀들이다.

"해외로 말입니까?"

"그렇습다. 구라파(유럽)라는 거 같다."

흑사파 놈들이 하다 하다가 이제는 탈북녀들을 해외 사창가에 팔아넘기려는 것이 분명하다.

정말 그렇게 된다면 탈북녀들은 죽을 때까지 절대 고향으로 돌아오지 못하고 수만 ㎞ 떨어진 타국에서 말도 통하지 않는 서양인들의 쾌락의 하수구 노릇이나 하다가 비참하게 죽음을 맞이할 것이다.

"몇 명이나 되는지 알아냈습니까?"

"자세한 건 모르지만 백 명 이상이라고 함다."

탈북녀들을 해외에 반출하는 데 드는 비용이 만만치 않을 테니까 될 수 있으면 한 번에 많이 보내려고 할 것이다.

"어디에서 나온 정보입니까?"

"엔시(延西) 정보원이 알려준 검다."

흑사파 연길 지부 밑에는 4개의 구역이 있으며 엔시는 그중에 하나다.

김길우와 서동원은 흑사파 조직원 잔챙이 몇 명을 정보원으로 사용하고 있는데 이번 정보는 그들에게서 흘러나온 모양이다.

"디터우, 어카실 겁까?"

"더 확실하고 자세한 정보가 필요합니다."

"알아보갔슴다."

정필이 전화를 끊었을 때 영실과 옥단카가 잠에서 깨어 그를 바라보고 있었다.

"시장하지요?"

영실이 일어나서 그에게 다가오며 수줍게 물었다.

정필은 영실 어깨에 팔을 둘렀다.

"병원 앞에 나가서 먹고 옵시다."

영실은 정필이 어깨에 팔을 두른 것이 몹시 기쁜 듯 눈을 반짝거렸다.

"아임다. 여기에 아침상 차려 드리갔슴다."

그때 누군가 병실 문을 노크하자 영실이 쪼르르 달려가서 문을 열었다.

문 밖에는 중년의 일남 일녀가 보자기에 싼 뭔가를 들고 있다가 영실을 보고는 꾸뻑 인사를 했다.

영실을 사장님이라고 부르는 걸 보니까 삼천리강산 직원인 것 같았다.

아마도 영실은 그들에게 정필의 아침 식사를 해서 갖고 오라고 시킨 모양이다.

병실의 한쪽 테이블에는 삼천리강산의 메뉴가 아닌 집에서 먹는 식사, 즉 집 밥이 차려졌다.

정필과 영실, 옥난카는 테이블에 둘러앉아서 아침 식사를 시작했다.

똑똑똑…….

입맛이 없는 정필이 국에 밥을 말아서 한 숟가락 뜨려는데 또 누가 병실 문을 두드렸다.

그가 영실을 쳐다보자 그녀는 고개를 가로저었다.

"올 사람 없슴다."

정필이 일어나서 문을 여니까 뜻밖에도 김낙현이 서 있다.

"접니다."

정필은 병실 밖을 지키는 2명의 공안에게 김낙현이 아는 사람이니까 괜찮다고 말하고는 그를 들어오게 했다.

김낙현을 보는 순간부터 정필은 극도로 긴장했다. 지금 시간은 아침 8시인데 이렇게 일찍 그가 정필을 찾아온 적이 한 번도 없었기 때문이다.

그리고 휴대폰으로도 말할 수 있는데 그가 직접 찾아왔다는 것은 그만큼 중요한 일이 생겼다는 뜻이다.

"무슨 일입니까?"

"나갑시다."

정필이 딱딱하게 굳은 어조로 물으니까 김낙현은 착잡한 표정을 감추려고도 하지 않고 먼저 문으로 걸어갔다.

병원 마당의 벤치에 앉은 두 사람은 담배를 피워 물었다.

담배 한 개비를 다 피우고 나서 김낙현은 서론 없이 본론을 꺼냈다.

"한유선 씨가 죽었습니다."

정필은 담배를 입으로 가져가다가 뚝 멈추고 김낙현을 쳐다보았다.

정필은 그게 무슨 소리냐고 그게 정말이냐고 묻지 않았다. 김낙현의 말은 정확하게 정필에게 전달되었다.

뾰족하고 긴 창이 정필의 심장을 푹! 하고 깊이 찌른 것 같은 느낌이 들었다.

"암살조… 음!"

정필은 말하다가 갑자기 목이 콱 막혔다. 그는 격렬하게 기침을 하고 나서 다시 말했다.

"암살조 체포하지 못했습니까?"

"김포공항에서 암살조 김성진과 박연주 체포했습니다."

"그럼 누가 한유선 씨를 죽인 겁니까?"

"오래전에 한국에 들어와 있던 또 다른 암살조가 행동한 겁니다. 김성진과 박연주를 체포한 이틀 후에 범행을 저질렀습니다."

"으음……."

정필은 정말이지 티끌 한 점 묻어 있지 않을 만큼 순수했던 한유선 혜주 모녀의 모습이 저절로 눈앞에 떠올라서 그냥 앉아 있는 것이 힘들었다.

"혜주는……."

"혜주는 안전합니다."

혜주가 안전하다니 그나마 안심이다. 아버지 민성환은 북한으로 끌려가서 죽었는지, 살았는지 알 수가 없고, 이제 엄마마저 죽었으니 혜주는 천애 고아다.

아니, 원래 혜주 모녀에게 민성환은 있으나 없으나 마찬가지 존재였으니까 혜주가 아는 사람이라고는 하늘 아래 정필 한 사람뿐이다.

"그녀들을 경호하지 않은 겁니까?"

"안기부 전담 요원 한 명이 밀착 경호를 했는데 한유선 씨 아파트 현관문 밖에서 살해당했습니다."

김낙현은 뻣뻣하게 손으로 자신의 뒷목을 가리켰다.

"청산가리 주사를 여기에 찔렸습니다."

정필은 한유선이 어떻게 죽었는지 묻지 않았다. 묻지 않아도 김낙현이 곧 설명할 것이기 때문이다.

"한유선 씨에 대해선 말하지 않겠습니다."

"말씀하십시오."

정필은 한유선이 어떻게 죽었는지 알고 나서는 김낙현이 정말 한유선의 죽음에 대해서는 말하지 않을 생각이었다는 걸 깨닫게 되었다.

"밀착 경호 요원을 죽인 암살자는 곧장 아파트 안으로 침입해서 혼자 있는 한유선 씨의 목을 칼로 찌른 후에 목을 잘랐습니다."

"……."

정필은 움찔 놀라서 김낙현을 쳐다보았다.

"한유선 씨의 목을 완전히 몸에서 분리 절단한 겁니다. 검시 팀에 의하면 한유선 씨는 목이 잘라질 당시에 살아 있었을 것이라 합니다."

정필은 아이처럼 순수하고 어쩌면 바보 같기도 한 우윳빛 뽀얀 살결의 미인 한유선의 얼굴이 떠올랐다. 하지만 그녀의 목이 절단된 모습은 상상이 가지 않았다. 그녀가 죽었다는 사실이 믿어지지 않는 판국에 그녀가 죽는 모습이 어떻게 상상이 되겠느냐는 말이다.

어금니를 악문 정필의 턱이 꿈틀거렸다.

"범인은 어떻게 됐습니까?"

"감쪽같이 사라졌습니다. 오리무중입니다."

＊　　　＊　　　＊

다음 날 오후, 정필과 옥단카는 북경에서 서울로 향하는 대한항공 여객기 안에 앉아 있었다.

그는 자신이 대한민국에 입국하는 것을 아무에게도 알리지 않았다.

중국이나 한국의 10대 청소년들하고 별반 다를 바 없는 옷차림을 한 옥단카는 정필 옆에 앉아서 그의 어깨에 뺨을 기댄 채 눈을 감고 있다.

옥단카의 집은 중국 최남단 홍하현 멍쯔시였다. 지금 그녀의 아버지는 곤명시 종합병원에 입원해 있다.

아버지는 병이 다 나으면 베트남과의 국경 지대이며, 그의 고향인 김평현 묘족 자치주에 정필이 사준 멋진 집으로 가족과 함께 돌아갈 것이다.

그 모든 것이 옥단카가 정필을 준상으로 모시면서 얻게 된 것이다.

즉, 옥단카 한 사람의 희생으로 그녀의 가족이 영구히 안식할 수 있는 보금자리로 회귀할 수 있게 되었다.

가족과 고향을 떠난 옥단카에게는 이제 정필만이 유일한 가족이고 복종해야 할 하늘이며, 보호자다.

그럴 리는 없겠지만 정필에게서 버림을 받거나 정필이 무슨 일을 당한다면, 옥단카는 고향으로부터 5천 km 떨어진 곳에서 천애고아가 되고 만다.

그런 점에서 그녀는 엄마를 잃은 혜주하고 같은 신세라고 할 수 있다.

정필은 물끄러미 창밖을 응시하다가 팔을 뻗어 옥단카를 품에 안았다.

"으응……."

옥단카는 암코양이 같은 소리를 내더니 그의 품속으로 꼬물락거리면서 파고들었다.

저녁 6시 20분, 김포공항 출국장을 나서는 정필과 옥단카를 눈여겨보는 사람은 아무도 없었다.

정필은 휴대폰으로 어디론가 전화를 하고는 택시를 탔다.

택시 뒷자리에 정필과 나란히 앉은 옥단카는 언제나 그랬듯이 창밖을 구경하지 않았다.

그녀는 정필을 바라보고 그의 곁을 그림자처럼 지키는 것 외에는 일체 관심이 없다.

택시가 서울 시내로 들어와 광화문을 지나 사직공원 근처의 어느 양옥집 앞에 멈추었다.

정필이 벨을 누르자 잠시 후에 정장 차림의 젊은 사내 한 명이 나왔다.

사내는 한눈에도 안기부 요원이라는 것을 알 수 있는 각 잡힌 행동과 반듯한 용모를 지녔다.

"최정필입니다."

"들어오십시오."

안기부 요원은 환하게 불이 밝혀진 마당을 가로질러 정면의 본채로 정필과 옥단카를 안내했다.

본채 안 거실 소파에는 한 명의 남자 안기부 요원이 앉아 있다가 벌떡 일어나 들어서는 정필에게 가볍게 고개를 숙여보였다.

정필은 은은한 조명의 거실을 천천히 둘러보았다.

"혜주는 어디 있습니까?"

"이쪽입니다."

이번에는 거실에 있던 요원이 정필을 구석진 어느 방으로 안내했다.

똑똑똑…….

요원이 가볍게 방문을 두드리자 곧 방문이 열리고 단발머리에 정장 투피스를 입은 여자가 문을 열었다.

정필을 안내했던 요원이 고개를 끄떡이자 여자, 즉 여자 요원이 방문을 활짝 열어주며 옆으로 비켜섰다.

방 안은 밖에서 본 것보다 훨씬 컸다. 침대와 테이블이 딸린 소파, TV와 오디오, 냉장고와 간단한 차를 타서 마실 수 있는 장치들이 구비되어 있었다.

그렇지만 방 안으로 들어선 정필의 시선이 제일 먼저 향한 곳은 침대다.

그곳에 이불을 머리까지 뒤집어 쓴 채 누워 있는 사람이 혜주일 것이라고 정필은 생각했다.

여자 요원이 침대로 다가가 고즈넉한 목소리로 말했다.

"혜주 양, 누가 왔는지 보세요."

그러나 혜주는 꿈쩍도 하지 않았다.

여자 요원이 뭐라고 말하려는 것을 정필이 손짓으로 제지하고 손을 뻗어 가만히 이불을 걷었다.

슥—

"우웅… 날 좀 가만히 내버려 두기요……."

앙고라 스웨터를 입고 있는 혜주가 뒷모습을 보인 자세로 웅크려 누운 채 벗긴 이불을 잡으려고 고사리 같은 손을 더듬거렸다.

정필은 졸지에 엄마를 잃고 혼자가 된 혜주를 보자 심장을 얼음물 속에 담근 것처럼 시렸다.

"혜주야."

정필이 나직하게 이름을 부르자 혜주의 작은 몸이 움찔 떨렸다.

그러고는 부스스 일어나면서 뒤돌아보다가 정필을 발견하곤 왈칵 울음을 터뜨리며 벌떡 일어나 그에게 달려들었다.

"아빠! 으아앙!"

정필은 아무 말도 하지 않고 혜주의 작고 여린 몸을 품속 깊이 안아주었다.

"아빠! 으허엉……! 아빠!"

혜주는 정필의 품속에서 연신 아빠라고만 부르면서 애달프게 울부짖었다.

정필은 침대에 앉아 혜주를 무릎에 앉히고 그녀의 머리와 등을 쓰다듬고 또 쓰다듬었다.

제61장
나의 전쟁

　정필은 안가에서 혜주를 데리고 나왔다.

　안가에는 총 5명의 안기부 요원이 있었지만 이미 상부의 지시를 받은 그들은 정필을 제지하지 않았다.

　정필은 옥단카와 혜주를 데리고 큰길로 나와서 택시를 잡아탔다.

　"어디로 모실까요?"

　50대의 인상 좋은 택시 기사가 묻자 정필은 일단 아무 곳으로나 가라고 말하고는 휴대폰을 꺼냈다.

　─여보세요.

저쪽에서 촉촉하게 젖은 듯한 서울 말씨의 여자 목소리가 흘러나왔다.

"정필입니다."

—아…….

휴대폰 너머의 여자는 전기에 감전된 것 같은 탄성을 내뱉을 뿐 아무 말도 하지 않았다.

혜주를 품에 안은 정필이 놀라고 있는 여자에게 더 놀라운 말을 했다.

"나 지금 서울에 와 있습니다."

향숙은 정필의 전화를 받자마자 아파트 단지 입구로 나와서 기다리고 있는 중이다.

그녀는 다른 탈북자들과 함께 통일부 교육과정을 마치고 4일 전에 사회에 나왔으며 이곳 월계동 주공아파트 단지 25평짜리 아파트를 지정받았다.

사실 그녀는 정필이 계획한 사업 때문에 지난 4일 동안 눈코 뜰 새 없이 바빴었다. 여북하면 사회에 나왔다고 정필에게 전화할 겨를조차 없었을까.

아니, 사실대로 말하면 그녀는 하루에도 몇 번이나 정필에게 전화를 해서 하루 종일이라도 그와 통화를 하고 싶어서 견딜 수 없을 지경이었다.

그렇지만 연길의 정필은 늘 바쁠 테니까 자신이 그를 방해해서는 안 된다고 마음을 다잡았다. 그리고 그녀는 이곳에서 정필이 시킨 일을 제대로 열심히 하는 것이 그를 조금이나마 돕는 길이라고 마음먹었다.

그런데 정필이 서울에 왔다고 조금 전에 느닷없이 전화가 온 것이다.

향숙은 정필이 갑자기 서울에 무슨 일로 온 것인지에 대해서는 조금도 궁금하지 않았다.

그저 잠시 후면 그를 만날 수 있다는 기대감에 심장이 터질 것처럼 쿵쾅거렸고, 지금 자신의 모습이 보기 싫지는 않을까 그게 걱정일 뿐이다.

그녀는 정필이 자신 같은 여자는 거들떠보지도 않는다는 사실과 단지 동정심으로 자신을 대하고 있다는 사실을 잘 알고 있다.

하지만 향숙은 그에게 향한 죽을 것 같은 사랑을 멈출 수가 없기에, 그저 언제일지 모를 그날이 오면 그의 곁에 죽을 때까지 머물면서 바라보고만 있어도 행복할 것이라고 생각했다.

언젠가 연길 영실의 집 주방에서 정필이 향숙을 살포시 안고 입맞춤을 해준 적이 있었다.

그가 무슨 생각으로 입맞춤을 해주었는지는 모르겠지만,

그리고 단지 아주 짧은 순간의 입맞춤이었을 뿐이지만, 향숙은 그 기억만 가슴에 안고 산다고 해도 평생 그를 사랑할 수 있다고 확신했다.

그때 큰길 저쪽에서 헤드라이트 불빛이 아파트 단지 쪽으로 꺾어져 들어오더니 곧장 빠르게 다가왔다.

지금까지 몇 대의 차가 아파트 단지로 들어왔지만 정필이 탄 차는 아니었다.

그렇지만 향숙은 어쩌면 저 차에 정필이 타고 있을지도 모른다는 생각에 두 손을 가슴에 모으고 뚫어지게 헤드라이트를 응시하면서 그를 만나면 제일 먼저 무슨 말을 할 것인지를 입속으로 수없이 되뇌었다.

이윽고 택시 한 대가 향숙을 지나쳐서 아파트 단지 안으로 미끄러져 들어갔다.

향숙은 저 차에도 정필이 타지 않았다고 실망하고 있는데, 마침 그때 택시가 멈추었다.

그러고는 향숙이 조마조마한 마음으로 지켜보는 가운데 뒷문이 열리더니 꿈에도 그리워하던 헌칠한 모습의 정필이 익숙한 동작으로 내렸다.

"아……."

정필의 모습을 발견한 순간 향숙은 두 다리에 힘이 풀려서 그대로 주저앉을 것만 같았다. 그리고 전혀 예상하지 못했던 눈물이 왈칵 쏟아졌다.

"향숙 누님."

정필이 그녀를 부르면서 눈에 선하던 큰 걸음걸이로 성큼성큼 다가왔다.

"나와서 기다렸군요."

"정필 씨……."

어두컴컴한 가로등 불빛 아래 정필은 향숙에게 가까이 다가와서 스스럼없이 그녀의 허리에 팔을 두르고 가볍게 힘을 줘서 잡아당겼다.

"흐윽……."

향숙은 뼈가 없는 듯 그의 품 안으로 무너졌다.

그녀는 이런 식의 재회는 꿈에서조차 기대한 적이 없었다.

정필과 다시 만나면 그저 손이나 잡고 어설픈 인사나 할 것이라고 예상했었다.

정필이 허리를 안고 힘을 주어 바싹 잡아당기는 바람에 향숙의 하체가 그의 하체에 고스란히 밀착되고 그녀의 젖가슴도 찌그러졌다.

"잘 있었습니까?"

"네……."

정필이 굽어보며 부드럽게 뺨을 쓰다듬으면서 묻자 향숙은 눈물이 그치지 않았다.

뺨을 쓰다듬던 정필의 손이 멈추고 엄지손가락이 그녀의 입술을 더듬었다.

"집에 향미하고 송화 있습니까?"

향숙은 심장이 미친 듯이 쿵쾅거려서 대답을 제대로 하지 못할 정도다.

"네… 그기 앙이고… 송화만 있습다."

정필은 혜주 엄마 한유선의 비참한 죽음에 절망했고, 또 분노하고 있다.

혜주 모녀가 연길 김길우네 집 정필의 방에서 지낼 때 정필은 흑사파에게 강간, 구타를 당해서 중상을 입어 꼼짝도 못하는 그들 모녀를 일일이 씻기고 똥오줌을 받고, 몸에 약을 발라주면서 같은 방에서 지냈었다.

그때 세 사람은 급속도로 가까워졌으며 우연찮은 기회에 혜주는 정필을 '아빠'라고 한유선은 '여보'라고 부르면서 흡사한 가족처럼 지냈었다.

정필은 그 당시에 한유선이 자신을 열렬히 원하고 있다는 사실을 알고 있었으나 끝내 모른 체 외면하고 그녀를 대한민국으로 보냈었다.

그런데 그렇게 보냈던 한유선이 목이 잘라져서 죽은 처참한 모습으로 정필을 맞이했다.

그녀는 암살자의 칼에 목이 잘라지면서 마지막 숨이 끊어지는 몇 초 동안 과연 무슨 생각을 했을까.

확신할 수는 없지만 정필은 그녀가 어쩌면 정필 자신을 떠올렸을지도 모른다고 생각했다.

어쨌든 죽으면, 그런 식으로 죽어버리면 다 헛된 것이다. 한유선은 더 이상 혜주의 엄마도 아니고, 온몸이 우윳빛으로 뽀얗게 빛나는 탐스럽고 매력적인 육체를 갖고 있는 34살 농익은 여자도 아니다.

그냥 몇 달만 지나면 모두의 기억에서 사라져 버릴 그저 그런 존재가 돼버리는 것이다.

정필은 그게 화가 났다. 뜨거운 심장을 갖고 열정적으로 살아가던 사람을 어찌 그렇게 빨리 잊어버릴 수 있는지 도통 모를 일이다.

한유선은 자신이 원하던 것들을 얼마나 해보고 죽었을까. 아마 아무것도 해보지 못했을 것이다.

안기부와 통일부의 교육이 끝나고 사회에 나와서 막 무엇인가를 해보려는 찰나에 목이 잘라져 버렸으니 무엇을 할 수 있었을까.

"나 보고 싶었습니까?"

다분히 도발적인 기분이 된 정필은 향숙의 허리를 안았던 손으로 엉덩이를 쓰다듬으면서 소곤거렸다.

"하아… 고거이 말이라고 함까?"

향숙은 하체를 더욱 정필에게 밀착시키면서 뜨거운 입김을
토해냈다.

"유선이가 말임까?"

쨍!

향숙은 소스라치게 놀라서 들고 있던 맥주 컵을 떨어뜨리
고 말았다.

정필과 향숙은 주방 식탁에 마주 앉아서 술을 마시고 있는
중인데 한유선이 죽었다는 말을 정필에게서 들은 향숙이 기
겁한 것이다.

정필은 향숙이 더 놀랄까 봐 한유선이 어떻게 죽었는지는
말하지 않았다.

하지만 그런다고 뭐가 달라지겠는가. 한유선이 죽었다는 사
실은 변함이 없을 텐데 말이다.

정필은 손을 뻗어 향숙이 떨어뜨려 쓰러진 맥주 컵을 똑바
로 세웠다. 컵은 깨지지 않았고 반쯤 담겨 있던 맥주가 식탁
에 쏟아졌다.

"하아……."

향숙은 저만치 거실 바닥에 송화, 옥단카와 나란히 앉아서
TV를 보고 있는 혜주를 돌아보았다.

혜주는 올해 15살이 됐고, 향숙의 딸 송화는 17살이 되었

다. 하지만 좋은 환경에서 잘 먹고 자란 혜주가 송화보다 훨씬 키가 크고 발육이 좋았다.

안기부에서 조사를 받고 통일부에서 사회 적응 훈련과 교육을 받는 과정에 향숙과 한유선은 2살밖에 나이 차이가 나지 않아서 서로 무척 친해졌었고, 혜주와 송화도 친자매처럼 어울려 다녔었다.

그녀들이 친해질 수 있었던 가장 큰 이유는 그녀들의 중심에 정필이라는 큰 존재가 있었기 때문이었을 것이다.

혜주는 TV를 보고 있다가 향숙이 맥주 컵을 떨어뜨리는 소리에 이쪽을 쳐다보았다.

혜주는 자신을 쳐다보고 있는 향숙을 멍한 얼굴로 바라보다가 시선이 옆으로 흘러 정필을 보며 흰 이를 살짝 드러내면서 힘없이 미소 지었다.

혜주의 눈빛이 '아빠에게 가도 돼요?'라고 묻고 있어서 정필이 가볍게 고개를 끄떡이자 혜주는 발딱 일어나서 쪼르르 달려왔다.

"혜주야… 으흑!"

향숙은 정필 무릎에 올라앉은 혜주의 손을 잡더니 왈칵 울음을 터뜨렸다.

향숙이 울자 혜주도 눈물을 흘렸다. 하지만 울음소리는 내지 않고 가늘게 몸을 떨었다.

정필이 꼭 안아주자 혜주는 그를 돌아보면서 이슬방울 같은 눈물을 흘렸다.

"아빠, 저 데려가려고 오셨습까?"

"그래, 널 연길로 데려갈 거다."

"저는 이자 아빠밖에 없습다."

혜주는 울면서 몸을 돌려 마주 보고 앉아서 두 팔로 정필의 등을 꼭 끌어안았다.

정필은 혜주의 등을 쓰다듬으면서 향숙에게 말했다.

"4일 후에 중국 가는 비행기표 예약해 놨습니다."

"네."

"유선 씨 장례식이 끝나면 즉시 떠날 겁니다."

"네."

"한유선 씨 유골은 두만강에 뿌릴 겁니다."

향숙은 눈물을 닦으며 조금 기운 빠진 표정을 지었다.

정필은 향숙이 만들어준 돼지고기 두루치기에 소주를 3병이나 마셨다.

향숙은 맥주를 2병쯤 마시고는 얼굴이 빨개져서 한유선을 생각하면서 연신 울었다.

"정필 씨, 고거이 암까?"

향숙이 정필 잔에 소주를 따르면서 불쑥 말했다.

"은주, 안기부 직원하고 살림 차렸슴다."

"그렇슴니까?"

향숙은 눈을 동그랗게 떴다.

"알고 계셨슴까?"

정필은 씁쓸한 얼굴로 고개를 끄떡였다.

"은주 얘기는 그만하세요."

"알갔슴다."

잠시 무겁게 흐르는 침묵을 참지 못하고 향숙이 깼다.

"저는 말임다."

향숙은 컵에 남은 맥주를 마시고 나서 말을 이었다.

"정필 씨가 계신 곳이 이 세상에서 제일 안전한 장소라고 생각함다."

정필은 맞은편에 앉은 향숙을 물끄러미 응시하다가 불쑥 물었다.

"향숙 누님, 나를 남자로 생각합니까?"

향숙은 깜짝 놀랐다. 만약 그녀가 술을 마시지 않았다면 정필의 이런 물음에 절대 그렇지 않다고 미친 듯이 손사래를 치며 부인했을 것이다.

그렇지만 향숙은 지금이 자신의 마음을 전할 수 있는 절호의 기회라고 생각했다. 그녀는 정필을 똑바로 쳐다보지 못하고 눈을 내리깔았다.

"그… 렇습다."

"날 사랑합니까?"

향숙은 깜짝 놀라서 눈을 동그랗게 뜨고 정필을 바라보았다.

정필이 비스듬히 앉아서 자신을 똑바로 주시하는 것을 보고 향숙은 지금 자신이 하려는 대답이 매우 중요하다는 사실을 깨달았다.

그녀는 자세를 바로 하고 꼿꼿하게 앉아서 두 손을 무릎에 얹고 경건한 표정으로 대답했다.

"사랑하고 있습다."

향숙은 정필이 자신을 얼마나 어떻게 사랑하는지에 대해서 물을지도 몰라서 대답하려고 준비했으나 그런 것을 묻지는 않았다.

정필은 지금 이런 상황 그리고 향숙의 태도와 목소리에서 그녀가 얼마나 자신을 사랑하고 있는지 충분히 짐작할 수 있었다.

정필은 말없이 향숙의 컵에 맥주를 붓고 자신의 잔에 소주를 따르고는 소주잔을 들고 앞으로 내밀었다.

향숙도 맥주 컵을 들고 앞으로 내밀자 정필이 소주잔을 맥주 컵에 가볍게 부딪쳤다.

쨍!

"나도 지금 이 순간부터 향숙 씨를 여자로 보겠습니다."

"……."

그 말을 하고 정필은 단숨에 소주잔을 비웠으나 향숙은 너무 놀라서 맥주 컵을 쥔 채 눈을 커다랗게 뜨고 그를 바라보기만 했다.

"이리 오십시오."

정필은 빈 잔에 소주를 따르면서 턱으로 자신의 옆자리를 가리켰다.

"네? 아… 네……."

향숙은 맥주컵을 내려놓고 일어서더니 주춤거리면서 다가와 정필의 왼쪽 의자에 꼿꼿한 자세로 앉았다.

정필은 처음 향숙을 봤을 때 50대 중늙은이로 착각했었다. 그때 정필은 생애 최초로 중국 연길에 도착해서 은애를 만나러 김길우의 택시를 타고 무산이 보이는 두만강으로 가는 길이었다.

살을 에는 듯한 차가운 한겨울 모진 바람을 맞으면서 피골이 상접한 향숙과 송화가 누더기 같은 옷을 입은 채 도로 가장자리를 힘없이 터덜터덜 걸어가고 있었다.

정필이 모녀의 모습을 택시 차창 밖으로 처음 봤을 때 김길우는 그녀들이 먹을 것을 찾으러 두만강을 건너온 북한 여자라고 설명했었다.

그 당시의 향숙은 지독하게도 못 먹은 탓에 체중이 30㎏밖에 나가지 않았으니까 외모가 어떠했을지 짐작하고도 남았을 것이다.

정필이 향숙을 두 번째 만났을 때, 그녀는 인신매매범들에게 강간을 당하고 있었다.

정필이 그녀를 구해서 영실네 아파트에 데려다놓은 후부터는 잘 먹고 잘 지낸 덕분에 향숙이 조금씩 본래의 모습을 되찾아갔었다.

향숙은 북한 여자치고는 제법 큰 키인 160㎝에 마른 체구이며, 하체가 길고 갸름한 얼굴에, 눈매가 매우 검고, 눈썹이 짙으며, 코가 오똑한 이국적인 미모를 지녔었다.

그런데 대한민국에 와서 두 달 정도 생활하는 동안 북한에서조차 알지 못했던 그녀의 미모가 드러나 있었다. 연길에서보다 훨씬 더 아름다워진 모습이다.

그녀가 서울에서 생활한다면 뭇 사내들의 시선을 한몸에 받을 것이 분명했다.

정필은 옆에 앉은 향숙의 손을 잡았다.

"향숙 씨가 제일 하고 싶은 것이 뭡니까?"

향숙은 마른침을 삼켰다. 제일 하고 싶은 것이 무엇인지는 평소에 늘 가슴 속에 묻어두고 있었으므로 이제 와서 두 번 생각할 필요도 없다.

"정필 씨와 죽을 때까지 함께 있고 싶습니다."

그렇게 말해놓고서 향숙은 조심스럽게 정필의 눈치를 살폈으나 그는 예상하고 있었던 것 같은 얼굴이다.

"송화는 어떻게 할 겁니까?"

"송화는……."

향숙은 옥단카 혼자 앉아 있는 거실을 쳐다보았다.

송화는 조금 전까지 거실에 앉아 있다가 지금은 혜주와 함께 방에서 자고 있다.

"알아봤는데… 기숙사가 있는 학교에 보낼 생각임다."

향숙은 정필이 이 얘기를 꺼내기 전에 많은 생각을 했던 것이 분명하다.

세상천지에 향숙과 송화, 모녀 단둘밖에 없는데 그런 딸과 헤어지겠다는 각오를 하다니, 그녀가 정필을 얼마나 사랑하는지 짐작할 수 있다.

누가 보면 남자에 미쳐서 딸자식마저 버리는 비정한 엄마일 수도 있겠지만, 향숙은 정필과 함께할 수만 있다면 그것마저도 감내할 자신이 있다.

비정(非情)과 모정(母情)의 차이는 이렇듯 손바닥을 뒤집는 것처럼 단순한 것이다.

여자가 자신의 삶을 조금이라도 향유하려 든다면 비정이 되는 것이고, 자신을 버리고 자식에게만 헌신하면 그게 모정이 되는 것이 세상의 이목이고 이치다.

"내 생각에는 송화를 우리 집에서 생활하도록 하는 게 좋을 것 같습니다."

"정필 씨네 집에서 말임까?"

향숙은 크게 놀라서 그를 쳐다보았다. 그런 생각은 한 번도 해본 적이 없었다.

"우리 부모님과 작은 집 식구들이 송화를 잘 보살펴 주실 겁니다."

정필네는 북한에서 탈북하여 대한민국에 온 할머니 강옥화와 작은 아버지 최태호 가족과 함께 살기 위해서 제법 큰 주택을 구입해 놓은 상태다. 거기에 송화를 함께 생활하게 하자는 것이 정필의 의견이다.

향숙은 놀라움을 감추며 조심스럽게 물었다.

"그래도 되갔슴까?"

"작은 집 남매가 21살, 18살짜리가 있으니까 송화가 외롭지는 않을 겁니다."

"정필 씨……."

"그렇게 할 겁니까?"

정필은 딸을 버리고 날 따라갈 거냐고 묻는 나쁜 역할을 자처했다.

그런데도 향숙은 힘차게 고개를 끄떡였다.

"내래 하갔습다. 정필 씨가 시키는 거이라면 뭐든지 다 할 거임다."

정필은 향숙의 머리를 쓰다듬었다. 정필보다 11살이나 많지만 그를 하늘처럼 그리고 지아비처럼 여기는 향숙은 말 잘 듣는 강아지처럼 고개를 그의 어깨에 기댔다.

"그럼 이번에 나하고 같이 연길에 갑시다."

그의 말에 향숙은 또 화들짝 놀랐다.

"이번에 말임까?"

"가기 싫습니까?"

"그거이 앙이고……."

정필은 냉정한 얼굴로 말했다.

"나는 향숙 씨를 여자로서 보겠다고 말했지 사랑한다고 말하지 않았습니다."

"……."

초점 잃은 눈으로 그를 바라보는 향숙의 고막을 정필의 목소리가 울렸다.

"내가 향숙 씨를 사랑하도록 만들어보십시오."

정신이 번쩍 든 향숙은 크게 고개를 끄떡였다.

"아… 알갔습다. 이번에 정필 씨하고 같이 가갔습다."

"그럽시다."

정필은 마지막 술잔을 비우고 일어섰다.

"자야겠습니다."

잔다는 말에 향숙은 가슴이 덜컥 내려앉아서 엉거주춤 따라서 일어섰다.

"여… 기 안방에서 주무시라요."

"향숙 씨는 어디에서 잘 겁니까?"

향숙은 고개를 숙이고 옷자락을 만지작거렸다. 그녀는 오늘밤 정필하고 한 침대에서 자기를 기대했다.

"저는……."

정필은 한 팔로 향숙을 가볍게 안았다.

"우린 여기에서 혜주 엄마 장례식 끝나고 연길에 돌아가면 같이 잡시다."

"네……."

향숙은 기어드는 목소리로 겨우 대답했다. 오늘밤 같이 자지 못하는 것쯤은 충분히 견딜 수 있다.

그녀는 기쁨으로 가슴이 터질 것 같아서 호흡하는 것이 곤란할 정도가 됐다.

"씻어야겠습니다."

"이… 이쪽이 욕탕입다."

향숙이 허둥거리면서 화장실로 안내했다.

정필은 화장실 앞에서 옷을 훌훌 벗고 팬티만 입은 상태로 들어가려다가 멈추고 향숙을 쳐다보았다.

"같이 씻읍시다."

"네에?"

정필은 소스라치게 놀라는 향숙에게 물었다.

"싫습니까?"

향숙은 순간적으로 정필을 두 번째로 만났던 날이 생각났다. 그때 향숙은 딸 송화를 대신하여 인신매매범에게 강간을 당했었고, 정필이 구해준 직후에 그가 지켜보는 가운데 차디찬 수돗물로 은밀한 곳을 벅벅 씻던 바로 그 일이 어제 있었던 것처럼 생생하게 떠올랐다.

정필은 향숙의 가장 추악했던 과거까지 깡그리 알고 있는 유일한 사람이다. 그러면서도 향숙이 목숨을 걸고 사랑하는 남자이다. 그렇기 때문에 그에게는 더 이상 부끄러울 것이 없다.

"아임다. 정필 씨하고 같이 씻갔슴다."

"먼저 들어가겠습니다."

그 말을 남기고 정필은 성큼 화장실 안으로 들어갔다.

*   *   *

한유선의 장례식은 너무도 초라하게 시작되었으며, 속전속결로 끝났다.

찾아올 사람도 없으므로 제대로 된 장례식을 치르지도 못하고 그저 한유선의 빈소만 만들어놓았다가 이틀째 되는 날 화장을 했다.

그 초라한 장례식에 참가한 사람은 상주인 혜주와 정필, 향숙, 옥단카, 송화, 그리고 안기부 직원 한 명이 전부였다.

2월 24일 오전, 정필은 혜주, 옥단카, 향숙과 함께 김포공항에 도착했다.

정필은 송화를 맡기기 위해서 부득이 향숙과 송화, 그리고 일행을 데리고 집에 찾아갔지만 한 시간 남짓 앉아 있다가 집을 나섰다.

그리고 출국하는 날 가족들도 공항에 나오지 못하게 했다.

정필을 비롯한 네 사람은 짐이라곤 각자 메고 있는 배낭 하나씩이 전부다.

택시에서 내린 네 사람은 공항청사 안으로 들어갔다. 맨 왼쪽에 옥단카, 그 옆에 혜주, 그 옆에 정필, 그리고 가장 오른쪽에 향숙이 나란히 걸었다.

시계를 보니 오전 9시 25분이다. 북경행 비행기는 10시 40분이므로 지금부터 슬슬 수속을 밟아야 한다.

정필은 탑승 수속을 하기 위해서 대한항공 카운터로 향하면서 주위를 둘러보았다.

오전이지만 공항 내에는 똑바로 몇 걸음을 걷지 못할 정도로 사람이 많았다.

정필은 날카롭게 주변을 살폈다. 한유선을 죽인 북한 암살범이 아직 잡히지 않았으며, 그자가 혜주를 노릴 수도 있는 상황이다.

안기부에서는 암살범의 표적이 한유선이지 혜주는 아닐 거라고 단정적으로 말했다.

그러면서 정필이 혜주를 데리고 간다니까 혜주에 대한 경호마저도 철회해 버렸다. 골치 아픈 혹 하나 떼어버렸다는 듯한 행동이다.

그래서 정필은 안기부도 진심으로 탈북자들을 위하지는 않는다는 생각이 들었다.

사람이 많아서 정필 일행이 나란히 걸어갈 수 없는 상황이 되자 정필은 혜주를 번쩍 들어서 마주 보는 자세로 앞에 안았다.

정필의 눈짓에 옥단카가 뒤로 빠지고 향숙이 옆에 바싹 달라붙었다.

"팔짱을 껴요."

정필의 말에 향숙은 수줍은 미소를 지으며 두 팔로 정필의 팔을 꼭 안았다.

탑승 수속 카운터 앞의 줄이 길어서 정필은 줄 끝에 섰다.

그가 한 손으로 궁둥이를 받치고 있는 혜주는 그의 어깨에 뺨을 대고 편안한 표정으로 눈을 감고 있다.

정필은 탑승 수속을 끝내고 돌아서서 나오고 있는 점퍼 차림의 젊은 남자를 경계하면서 그와 일정한 거리를 두려고 슬쩍 옆으로 물러섰다.

남자는 탑승 티켓을 들여다보느라 앞을 보지 않은 채 곧장 부딪칠 것처럼 다가오기 때문에 정필은 또다시 한 걸음 더 물러섰다.

툭!

남자는 스쳐 지나갔는데 정필이 물러서다가 옆줄의 누군가와 어깨를 부딪쳤다.

정필은 즉시 뒤로 한 걸음 물러나면서 뒤돌아보며 반사적으로 허리를 굽히며 상체를 숙였다.

다른 사람하고 부딪쳤다면 미안하다고 사과를 해야 하는데, 마치 습격이라도 받은 것 같은 정필의 행동은 남들 눈에는 매우 이상하게 보일 것이다.

그렇지만 만약 방금 부딪친 사람이 암살자라면 정필의 반사적인 임기응변이 목숨을 살리게 될 것이고, 그게 아니라면 그만이다.

머쓱한 표정을 지을 필요도 없으며, 창피할 것도 없다. 누군가 혜주의 목숨을 노리고 있을지도 모르는데 대체 누구에게 머쓱하고 창피하다는 말인가.

피잇!

그런데 정필이 뒤로 한 걸음 물러나면서 뒤돌아보며 상체를 숙이는 동작을 막 끝냈을 때 그의 귀 옆으로 반짝이는 흰 물체가 빠르게 스쳐 지나가면서 그의 귀를 살짝 벴다.

슥―

습격이라고 판단한 정필은 아예 주저앉으면서 오른발을 재빨리 앞으로 뻗었다.

탁!

"윽……."

그의 발뒤꿈치에 뭔가 둔탁하게 부딪치는 느낌과 함께 누군가의 묵직한 신음 소리가 흘러나왔다.

정필의 오른팔을 끼고 있는 향숙도 그를 따라서 상체가 숙여진 자세인데 그때 정필이 그녀를 한쪽으로 확 밀고 자신은 혜주를 품에 안은 채 반대 방향 바닥을 한 바퀴 구르고 나서 벌떡 일어섰다.

방금 전에 정필에게 정강이를 찍힌 정장 사내 한 명이 손에 칼을 쥔 채 주저앉고 있었다.

그리고 조금 전에 탑승 티켓을 들여다보는 척하면서 정필에게 부딪치려고 했던 사내가 벼락같이 그를 향해 달려들면서 오른손을 뻗는데, 거기에는 칙칙한 회색의 작은 권총이 쥐어져 있었다.

정필은 칼을 쥔 사내를 향해 덮쳐가려다가 멈칫했다. 정필이 아무리 빠르게 움직인다고 해도 총알보다는 느릴 것이기 때문이다.

정필이 혜주를 안고 바닥에서 퉁겨 일어나는 자세로 멈춰 있을 때 권총이 그를 향해 겨누어졌다.

"끅……"

그런데 정필에게 달려들면서 권총을 겨눈 사내가 갑자기 입을 크게 벌리면서 답답한 신음 소리를 냈다.

탕!

그는 상체가 뒤로 젖혀지면서 권총을 발사했는데 탄환이 비스듬히 천장을 향해 날아갔다.

정필은 사내의 크게 벌린 입에서 반짝이는 가느다란 은색 젓가락 같은 물체가 쑥 튀어나오는 것을 발견했다.

옥단카의 젓가락을 닮은 무기다. 그녀가 어느새 권총 사내의 뒤에서 뒤통수를 찌른 것이다.

휙!

정필은 칼을 쥔 사내에게 득달같이 달려들면서 오른발을 쭉 뻗어 사내의 칼을 쥐고 있는 오른 손목을 걸어찼다.

탁!

사내의 오른손에서 칼이 허공으로 날아갔고, 정필은 혜주를 왼팔로 옆구리에 끼고 오른 주먹을 날렸다.

뻑!

"큭!"

사내가 턱에 주먹을 얻어맞고 상체가 뒤로 벌렁 젖혀질 때 정필은 곧장 대시하여 주먹으로 얼굴을 두 대 더 갈겼다.

퍽퍽!

사내는 얼굴이 짓이겨져서 피를 뿌리며 바닥에 나동그라졌고, 정필은 발로 그의 머리를 마구 걷어찼다.

퍼퍼퍼퍽!

"그만! 꼼짝 마라!"

그때 누군가 큰소리로 외쳤다.

정필이 발길질을 멈추고 돌아보니까 경찰 특공대 4명이 정필 등을 향해서 기관단총을 겨누고 있었다.

정필 일행은 경찰 특공대에게 체포되어 곧장 공항 경찰대로 끌려갔다.

옥단카의 젓가락 무기에 뒤통수를 찔린 사내는 현장에서 즉사했다.

그리고 정필에게 주먹과 발길질로 얼굴을 두들겨 맞은 사내는 중상을 입고 기절했다.

그 당시 주위에 있던 목격자들이 두 명의 사내가 갑자기 정필 일행을 습격했다고 증언을 해주었다.

두 사내 중에서 한 명은 권총을 지니고 있었으며, 실제 발사하여 천장을 맞히기도 했다.

그리고 또 한 명의 사내는 칼로 정필을 공격하다가 그의 귀윗부분을 살짝 베었다.

하지만 정필 쪽에서는 아무리 정당 방위였다고 해도 한 명이 죽고, 또 한 명은 중상을 입었는데 경찰로서는 그냥 풀어줄 수가 없는 일이다.

경찰의 요구에 따라서 정필 일행은 모두 각자의 신분증을 제시했다.

정필은 주민등록증을 옥단카는 여권, 향숙은 발급받은 지 5일밖에 되지 않는 따끈따끈한 대한민국 주민등록증을 내놓았으며, 혜주는 미성년자라서 아직 신분증이 없다.

경찰은 향숙과 옥단카, 심지어 미성년자인 혜주까지 신분을 확인했으나 정필은 신분 조회를 할 수가 없었다.

한마디로 경찰 컴퓨터에 정필의 주민등록번호를 치면 아무것도 나오지 않고, 모니터 정중앙에 가로 직사각형의 빨간색 바가 뜨는데 그 안에 '−696714−'라는 숫자가 뜬다.

이런 경우는 단 한 가지다. 정필이 국가 소속 고위급이나 특수직 인물이라는 뜻이다.

'−696−'은 국가 고위 공무원 분류 코드이고, '−714−'는 1급

보안이라는 뜻이기 때문에 공항 경찰대장인 경위 정도의 계급으로는 절대로 접근할 수가 없다.

척!

김포공항 경찰대장이 정필에게 경례를 붙였다. 그가 할 수 있는 최선의 방법은 정필 일행을 석방하는 것이다.

"죄송합니다."

그는 직접 정필의 수갑을 풀어주었다.

"그냥 가시면 됩니다."

정필은 다른 경찰들이 향숙과 옥단카, 혜주의 수갑을 풀어주는 것을 보면서 경찰대장에게 물었다.

"전화 좀 하겠습니다."

"그러십시오."

정필은 경찰이 압수했던 휴대폰을 돌려받아서 혜주의 경호를 담당했던 안기부 요원에게 전화를 했다.

그는 이곳에서 있었던 북한 공작원의 혜주 암살 시도에 대해서 간략하게 설명하고는 여기에 암살범 중에 한 명이 있으니까 데려가라 말하고는 끊었다.

"그자는 어디에 있습니까?"

정필이 중상을 입은 암살범을 묻자 공항 경찰대장은 한쪽의 복도 끝을 가리켰다.

"숙직실에 있습니다."

"꼼짝 못 하게 해놨겠지요?"

공항 경찰대장이 부하 경찰을 쳐다보자 그가 어정쩡한 표정으로 말했다.

"얼굴이 피범벅으로 기절한 상태라서 그냥 숙직실 침대에 눕혀놓고 박 순경더러 지키라고 했습니다."

"이런 멍청한!"

정필은 와락 인상을 쓰면서 숙직실로 냅다 달려갔고, 옥단카가 뒤따랐다.

공항 경찰대장이나 경찰들은 엉거주춤한 모습으로 그 자리에 서 있을 뿐이다.

덜컥!

달려가는 정필이 숙직실을 5m쯤 남겨놓은 곳에서 갑자기 숙직실 문이 밖으로 거칠게 벌컥 열렸다.

정필은 달려가던 자세에서 상체를 뒤로 쓰러뜨리듯이 눕히면서 슬라이딩을 시도했다.

숙직실 문을 열고 밖으로 튀어나온 사람은 얼굴이 피투성이로 변한 암살범 중에 한 명인데, 그의 손에는 권총이 쥐어져 있었다.

그를 지키고 있던 박 순경에게서 뺏은 것인데 그가 박 순경을 어떻게 했을지는 보지 않아도 뻔하다.

암살범은 경찰들이 있는 쪽으로 재빨리 몸을 돌리다가 복도 바닥을 슬라이딩해서 빠르게 쏘아오고 있는 정필을 발견하고 움찔 놀랐다.

탁!

"엇?"

그러나 그가 미처 다음 동작을 취하기도 전에 빠르게 슬라이딩 해오던 정필이 발바닥을 들어 올려 암살범의 복숭아뼈를 찍었다.

몸 아래를 가격당한 암살범의 상체가 팩! 하고 쏜살같이 정필 쪽으로 쓰러졌다.

정필은 바닥에 누운 자세에서 재빨리 오른쪽 무릎을 세웠다.

콱!

"끅……."

뾰족한 산봉우리처럼 솟구친 그의 무릎이 쓰러지는 암살범의 목을 찍어서 부러뜨렸다.

쿵!

바닥에 널브러진 암살범은 눈을 허옇게 까뒤집고 크게 벌린 입에서 침이 질질 흘러나왔다.

정필은 일어나서 그의 오른손을 발로 차서 권총을 경찰들이 있는 곳으로 보냈다.

탁!

공항 경찰대장을 비롯한 경찰들은 우뚝 서 있는 정필과 쓰러져 있는 암살범을 넋 나간 표정으로 쳐다보았다.

정필은 단검을 꺼내 쥐고 있는 옥단카의 머리를 쓰다듬고는 어깨에 팔을 얹었다.

"가자, 옥단카."

"네, 준샹."

※   ※   ※

정필 일행은 오후 2시쯤 북경 서우두국제공항에 도착했다.

정필이 북경에서 연길까지 가는 비행기 시간을 알아보니까 4시 25분에 있다고 해서 티켓을 끊었다.

정필은 늦은 점심을 먹기 위해서 일행을 데리고 공항 안의 식당가가 있는 3층으로 올라가려고 에스컬레이터를 탔다.

혜주는 정필 앞에, 향숙은 옆에, 옥단카는 뒤에 세웠다.

정필은 이곳은 안전하다고 판단했다. 북한이 혜주 모녀를 죽이려고 암살조를 보냈거나 기존 대한민국에서 암약하고 있던 공작원들을 이용하더라도, 그것은 대한민국 국내에서의 일이지 중국 북경은 아니다.

누군가를 암살한다는 것은 표적의 일거수일투족 동선 파악이 절실하게 요구되는 일이다.

혜주 모녀를 암살하려고 했던 북한 암살범들은 사전에 그녀들의 수위 환경 등 동선을 철저하게 파악했을 것이다.

만약 혜주 모녀가 아파트에 같이 있었다면 혜주도 엄마하고 같이 죽었을 것이다.

하지만 그 시간에 혜주는 서울 시내 모처 소위 연예 프로덕션이라는 곳에 가 있었다.

거리에서 우연히 혜주의 인형처럼 빛나는 외모를 본 제법 이름이 알려진 유명한 영화감독이라는 사람이 혜주에게 자신의 명함을 주면서 꼭 찾아오라고 신신당부를 했던 적이 있었다.

그래서 그날 혜주는 안기부 요원의 경호를 받으면서 연예 프로덕션에 갔었다.

암살범들은 혜주가 그날 연예 프로덕션에 갈 줄은 예상하지 못했다. 그래서 모녀를 한꺼번에 죽이지 못한 것이다.

그리고 정필이 갑자기 나타나서 혜주를 중국으로 데려가려는 것도 사전에 알지 못했다.

정필이 봤을 때 암살범들은 월계동 혜주네 아파트를 감시하고 있다가 미행을 하여 김포공항에서 혜주를 죽이려다가 실패한 것이 분명하다.

말하자면 암살범들은 사전에 치밀한 계획을 짜지 못하고 즉흥적인 암실을 실행한 것이다.

이곳 중국은 북한 공작원들이 활동하기 수월한 곳이지만 반면에 정필이나 혜주의 동선에 대해서 전혀 알지 못하기 때문에 안전할 수 있다.

우우웅…….

꽤 긴 에스컬레이터가 3층에 거의 다 올라가고 있을 때 정필의 왼쪽 내려오는 에스컬레이터 위에서 중국 공안 두 명이 탔다.

공항 내에서 공안을 보는 것은 늘 있는 일이라서 정필이 시선을 돌리려는데 갑자기 여자의 목소리가 들려왔다,

"워스중귀른(나 중국 사람입니다)! 웨이! 이보시오!"

에스컬레이터에 탄 두 명의 공안은 여행객 같은 한 남자와 여자의 팔을 잡고 있었다. 방금 소리친 사람은 그중에 23살쯤 돼 보이는 여자였다.

여자는 공안에게 자신이 중국 사람이라고 항변하고 있는데, 말끝에 북한 함경도 사투리를 썼다. 다급하니까 튀어나온 모양이다.

남자는 여자보다 서너 살쯤 어려 보이는데 파카를 입은 수수한 모습에 도수 높은 안경을 낀 매우 지적인 얼굴이며 지금은 극도로 긴장한 모습이다.

그렇지만 그는 한마디도 하지 않고 묵묵히 지켜보고만 있었다. 정필이 보기에 아무래도 그는 중국어를 할 줄 모르는

것 같았다.

여자는 계속 서툰 중국어로 뭐라고 항변을 하는데 펑펑 울고 있었다.

에스컬레이터 끝까지 다 올라선 정필이 뒤돌아서 내려다보니까 북한 사람인 듯한 남녀는 수갑이 채워져 있었다.

"짠치에떵따이(잠깐 기다리시오)!"

정필은 공안을 향해 소리치고는 일행을 이끌고 내려가는 에스컬레이터를 탔다.

예전 정필이었으면 지금 같은 상황을 목격했을 때 어떻게 할 것인지 잠깐이라도 생각이나 갈등을 했을 것이다.

하지만 지금 그는 달라졌다. 갈등하고 망설이다가는 구할 수 있는 기회를 놓칠지도 모른다는 불안감 때문에 이제는 뭐든지 눈에 띄는 대로 즉각 반응하기로 마음먹었다.

뒤로 미룰 시간이 없다. 다혜나 한유선처럼 일을 당하고 나면 아무 소용이 없는 것이다.

공안은 정필을 힐끗 뒤돌아봤다.

정필은 공안과 같은 에스컬레이터를 타고 그들을 내려다보면서 외쳤다.

"떵따이(기다리시오)!"

다행히 공안은 에스컬레이터 아래에서 정필을 기다려 주었다.

공안은 여자 3명을 데리고 있는 정필의 위아래를 훑어보면서 딱딱하게 물었다.

"니썸머(당신, 뭐요)?"

정필은 길림성 당서기 특수 보좌관 신분증이 북경에서 먹힐지 안 먹힐지 모르지만 일단 써보기로 했다. 그 외에는 방법이 없기 때문이다.

정필은 말없이 신분증을 꺼내 공안 얼굴 앞으로 내밀었다.

두 명의 공안은 멀뚱한 표정으로 신분증을 들여다보다가 갑자기 차렷 자세를 취하면서 경례를 했다.

"칭리(경례)!"

정필은 자신이 중국어가 서툴다는 것을 감추기 위해서 최소한의 짧은 말만 했다.

"무슨 일이오?"

공안들이 북한 남녀를 가리켰다.

"이들이 가짜 같은 공민증을 소지하고 있어서 체포했습니다. 아무래도 조선인민공화국에서 온 탈북자 같습니다."

"가짜 공민증이 확실하오?"

정필이 캐묻자 공안은 슬쩍 한 발 물러섰다.

"확실한 건 아니지만… 일단 의심이 돼서 데려가서 조사하려는 겁니다."

"여권은 진짜요?"

"진짜입니다."

정필은 북한 남녀가 가짜 중국 공민증으로 여권을 만들어서 제3국이나 대한민국으로 가려다가 발각됐을 것이라고 추측했다.

정필은 이 일을 길게 끌고 싶지 않았다.

"이 사람들 공민증 좀 봅시다."

"여기 있습니다."

정필은 공안이 공손하게 내민 북한 남녀의 공민증을 자세히 들여다보았다.

하지만 그는 공민증의 진위 여부를 구별할 줄 모르기 때문에 들여다봐야 소용이 없다. 그냥 들여다보는 척만 할 뿐이다.

다만 한 가지 사실은 알고 있다. 가짜 공민증을 만드는 중국 기술자들의 솜씨가 워낙 출중해서 아무리 공안이라고 해도 식별하기 어렵다는 것이다.

그러므로 이 공안들은 공민증이 아니라 북한 남녀의 수상쩍은 행동을 보고 잡아들였을 것이 분명하다.

"이게 어디로 봐서 가짜요?"

정필이 공민증을 흔들면서 말하자 공안들은 당황해서 어쩔 줄을 몰랐다.

"내가 보기에는 진짜 공민증이오."

"죄송합니다."

정필은 턱으로 북한 남녀를 가리켰다.

"이들을 풀어주시오. 내가 데리고 가겠소."

공안들은 지체 없이 달려들어서 북한 남녀의 수갑을 풀어
주었다.

"취(갑시다)."

정필이 북한 남녀의 어깨를 슬쩍 밀자 두 사람은 주춤거리
면서 걸어가며 뒤돌아보았다.

북한 남녀는 두 명의 공안이 정필의 뒷모습을 향해 경례를
하고 있는 모습을 보았다.

정필이 북한 남녀에게 나직하게 말했다.

"걱정하지 마시오. 당신들이 가고 싶은 대로 보내주겠소."

북한 남녀가 못미더운 표정으로 자꾸 뒤돌아보자 정필이
등을 슬쩍 밀었다.

"돌아보지 말고 똑바로 가시오."

정필이 남녀의 비행기 티켓을 보니까 목적지가 서울인데 출
발 시간이 이미 지났다.

그는 남녀를 데리고 공항 내의 카페로 갔다.

정필은 자신을 비롯한 북한 남녀와 옥단카, 혜주, 향숙의
따뜻한 차를 주문하고 조용한 목소리로 말했다.

"나는 대한민국 사람이오."

그렇시만 남녀는 미심쩍은 표정을 지었다.

정필은 남녀가 왜 미심쩍어 하는지 안다. 조금 전에 공안들이 그에게 보인 행동 때문일 것이다.

"대한민국에 아는 사람이 있소?"

정필의 물음에 남녀는 말없이 고개를 가로저었다.

"내가 아는 사람한테 전화를 해서 대한민국 김포공항에서 당신들을 데려가라고 해야겠소."

여자가 까칠한 입술을 잘근잘근 이빨로 깨물더니 용기를 내서 물었다.

"비행기 시간을 놓쳤는데 그거이 가능함까?"

정필은 고개를 끄떡였다.

"앞으로 한두 시간 후에 출발하는 서울행 비행기표를 구해 주겠소."

"비행기를 놓쳤는데 그거이 어케 되갔슴까?"

정필은 희미하게 미소 지었다.

"대한민국으로 가는 비행기는 한 대만 있는 게 아니오."

"그… 렇슴까?"

정필은 대한항공으로 서울행 티켓 두 장을 끊었다.

정필 일행이 연길로 가는 비행기는 오후 4시 25분인데 북한 남녀의 서울행은 오후 5시 10분이다.

두 사람만 놔두고 떠날 수 없어서 정필은 자신들의 출발 시간을 조금 미루려고 했더니 오늘 뜨는 비행기는 없고 내일 아침 10시 것이 있다고 한다.

연길은 중국에서도 변두리라서 비행기가 하루에 두 번밖에 뜨지 않는다는 것이다.

그렇다고 지금 상황에서 북한 남녀를 모른 체 내버려 두고 떠날 수는 없다.

한 번 구했으면 끝까지 책임을 져야 한다. 그러지 못하면 구하지 않은 것만 못 하다는 것이 정필의 생각이다.

정필은 어쩔 수 없이 내일 아침 10시 연길행 티켓을 예매하고 북한 남녀를 데리고 출국 심사를 하러 올라갔다.

북한 여자는 지금까지 과정을 죽 지켜보고는 그제야 정필을 믿는 것 같은 표정을 지었다.

특히 정필 일행이 잠시 후 4시 25분 연길행 비행기 티켓을 내일 아침 10시로 연기하는 것을 직접 눈으로 보고 마음을 놓았다.

"저는 유미란이라고 함다."

에스컬레이터를 타고 올라가서 잠시 의자에 앉아 있을 때 북한 여자가 조심스럽게 말했다.

그녀는 자기 옆에 꼿꼿한 자세로 앉아 있는 20살 남짓의 청년을 가리켰다.

"애는 제 동생인데 유지훈임다."

정필은 북한 남녀가 마음의 여유를 조금 찾았음을 느꼈다.

"집이 어디요?"

"청진임다."

"대한민국에 아는 사람이 있소?"

정필의 오른쪽 향숙 옆에 나란히 앉은 남매는 상체를 앞으로 숙여서 정필을 바라보았다.

"집안 어른들과 사촌 형제들이 있슴다."

얼굴이 갸름하고 살결이 우유처럼 희고 뽀얀 유미란이 수줍은 표정을 지었다.

정필은 유미란, 지훈 남매가 대한민국에 친척이 많다는 사실에 조금 안심이 되었다.

"그분들은 먼저 탈북을 한 것이오?"

정필이 아무 뜻 없이 한 질문에 유미란은 조금 머뭇거리다가 대답했다.

"원래부터 저희 외할아버지하고 큰삼촌이 남조선에 살고 계셨슴다."

"그렇군요."

"조국통일전쟁 때 외할아버지가 큰아들만 데리고 남쪽으로 피난을 가셨다고 함다."

유미란의 크고 맑은 눈이 깜빡거렸다. 정필을 믿기는 믿지만 완전히 믿지는 못한다는 눈빛이 아름다운 두 눈에 물결처럼 일렁거렸다.

유미란의 말을 거기까지 들은 정필은 무언가 찌릿한 필이 뇌리를 스쳤다.

그녀가 한 말 중에 세 가지 내용이 정필이 알고 있는 어떤 사실과 딱 맞아 떨어졌다.

"어머니 성함이 뭐요?"

아닐 수도 있지만 정필은 우선 유미란, 지훈 남매의 모친 이름을 확인하기로 했다.

"최명숙임다."

"어……."

방금 전에 느꼈던 찌릿한 필이 이번에는 2만 볼트 전기에 감전된 것처럼 정필의 온몸을 훑었다.

최명숙은 정필의 고모 이름이다. 즉, 할아버지 최문용의 막내딸이며, 청진에 살고 있다고 했었다.

그는 벌떡 일어나 유미란, 지훈 남매 앞으로 가서 한쪽 무릎을 꿇고 앉아서 유미란의 두 손을 덥석 잡았다.

"외할아버지 성함이 최문용 아니오?"

그렇게 묻는 정필의 얼굴에는 기쁨을 간신히 억누른 표정이 역력했다.

"아… 선생님이 그거이 어찌 암까?"

"아아……."

정필은 가슴이 뭉클하고 콧날이 시큰해졌다.

유미란, 지훈 남매는 크게 놀라면서도 두려운 표정으로 정필을 바라보았다.

정필은 눈물을 글썽거리면서 말했다.

"외할머니 성함은 강옥화, 큰삼촌은 최태연, 작은삼촌은 최태호, 회령에 살던 사촌 형제는 최연희, 최정토."

"아아……."

정필에게 두 손을 잡힌 유미란과 그 옆의 지훈은 너무 놀라서 눈을 휘둥그렇게 떴다.

"서… 선생님이 어찌 우리 가족에 대해서 그리 잘 알고 게시는 검까?"

정필은 유미란 왼쪽에 앉아서 모든 얘기를 다 듣고 미란과 지훈이 정필의 사촌 동생들이라는 사실을 짐작하고 눈물을 흘리는 향숙을 쳐다보았다.

"향숙 씨는 연길에서 우리 할머니하고 삼촌을 봤었지요?"

"보고말고요. 연희하고 정토도 봤슴다."

정필은 한 손으로는 유미란의 손을, 다른 손으로는 지훈의 손을 잡았다.

"나는 너희들 사촌인 최정필이다. 큰삼촌 최태연이 내 아버지야."

"에엣?"

유미란, 지훈 남매는 소스라치게 놀라서 벌떡 일어섰고 정
필도 따라 일어섰다.

"저, 정필 형님이라는 말임까?"

지훈이 눈물을 펑펑 흘리면서 정필에게 다가서려는 것을
미란이 제지하고는 정필을 보며 냉정하게 말했다.

"우리에 대해서리 너무나 잘 아는 거이 의심스럽슴다."

그녀는 두 눈에 눈물이 가득 고였으면서도 한 가닥 의심의
끈을 놓지 않았다.

정필은 미란의 혼란한 마음을 충분히 이해할 수 있었다. 그
래서 그는 자신이 최정필이라는 사실을 억지로 설득하려고
하지 않고 그 대신 다른 방법을 썼다. 대한민국의 집으로 전
화를 한 것이다.

"할아버지, 정필입니다."

할아버지 최문용이 전화를 받았다.

"집에 연희나 정토 있습니까?"

마침 연희가 있다고 해서 바꿔 달라고 했다.

"연희야."

―정필 오빠! 그저께 집에 오셨다면서 왜 저는 안 보고 그
냥 갔어요?

정필이 송화를 맡기려고 집에 갔을 때 연희는 정토하고 영화를 보러 나갔었다.

"연희야, 너 청진 사는 사촌 언니 유미란 아니?"

—그럼요. 잘 알아요. 여름방학 때 정토하고 청진에 가끔 놀러가서 미란 언니하고, 지훈이하고 바닷가에서 같이 놀고 그랬어요.

연희는 그 사이에 서울말을 거의 완벽하게 배워서 사용하고 있었다.

"내가 미란이 바꿔줄게 얘기해 봐라."

—네에? 미란 언니 만났슴까?

연희는 놀라니까 함북 사투리가 튀어나왔다.

정필은 휴대폰을 초조한 표정을 짓고 있는 미란에게 건네주었다.

"연희니까 얘기해 봐."

미란은 휴대폰을 귀에 대고 몹시 긴장한 표정으로 조용히 입술을 뗐다.

"이보시오."

—뉘기요? 미란 언니야?

"내래 유미란임다."

—옴마야! 언니야! 청진 라남시장 앞의 파란 대문 집에 살던 미란 언니 맞니야?

연희 목소리를 들은 미란의 두 눈에서 비로소 눈물이 주르르 흘렀다.

"기… 기래. 내래 미란이다… 으흐응……!"

연희하고 통화를 하고 나서 미란은 눈물을 펑펑 흘리며 정필을 바라보았다.

"오라바이… 정필 오라바이……."

정필은 미란과 지훈 남매에게 너무 미안했다. 고모 최명숙이 청진에 살고 있다는 사실은 알고 있었지만 미처 거기까지는 신경을 쓰지 못했었다.

찾으려고 했으면 못 찾을 것도 없었을 텐데 솔직히 엄두가 나지 않았었다.

연희하고 얼굴 윤곽이 비슷하지만 또 다른 이지적인 미모를 지닌 미란은 폭포처럼 눈물을 쏟으면서 쓰러질 듯이 정필에게 안겼다.

"으허엉… 정필 오라바이……."

"형님… 으헝……."

정필은 미란과 지훈을 안고 등을 쓰다듬는데 자신도 모르게 뜨거운 눈물이 샘물처럼 솟구쳤다.

아까 에스컬레이터를 타고 올라갈 때 공안에게 끌려가는 미란, 지훈 남매를 발견하지 못했더라면 어쩔 뻔했는지 지금 생각하면 가슴이 서늘해진다.

사실 정필은 고모인 최명숙의 이름만 알고 있었지 사촌 동생인 미란과 지훈의 이름은 모르고 있었다.

어쩌면 연희나 정토에게 미란과 지훈의 이름을 들었을지도 모르지만 어쨌든 기억하고 있지 않은 것을 보면 그다지 중요하게 여기지 않았던 것이 분명하다. 그래서 그것이 또 몹시 미안했다.

정필은 미란과 지훈의 비행기 시간을 다음 날 아침 9시 30분으로 바꾸었다.

미란, 지훈 남매하고 이대로 헤어지면 언제 다시 보게 될지 모르기 때문에 섭섭해서인데, 섭섭하기로는 미란, 지훈 남매가 정필보다 더한 것 같았다.

정필은 북경 서우두공항 근처에 호텔을 잡았으며, 저녁 식사를 하러 근처 중식당으로 들어갔다.

"저는 밀수를 했슴다."

미란이 수줍게 엷은 미소를 지으며 고백했다.

"청진교원대학교를 3학년까지 다니다가 배급이 끊어져서리 먹고살아야겠기에⋯⋯."

정필 일행은 중식당 룸에서 저녁 식사를 겸해서 술을 마시는 중이다.

"미란이, 너 몇 살이니?"

정필이 크고 둥근 테이블 자신의 왼쪽에 앉은 미란에게 미소 지으면서 물었다.

"23살임다."

미란은 정필을 보면서 대답하다가 그와 눈이 마주치자 얼굴을 붉히며 급히 고개를 숙였다.

"왜 그러니?"

"아… 임다."

정필의 물음에 미란은 더욱 고개를 숙였다.

그 모습을 보고 정필 오른쪽에 앉은 지훈이 빙그레 미소를 지으며 말했다.

"형님이 너무 잘생겨서리 누님이 반한 거 같슴다."

"지훈아!"

미란이 고개를 들고 빽 소리쳤지만 지훈의 입을 막지는 못했다.

"우리 누님 청진에서 제일 예쁘다고 소문이 자자했었고, 5과에도 뽑혔댔슴다. 길티만 누님 콧대가 너무 세서리 아직까지 연애 한 번도 못 해봤슴다."

"지훈아, 너 그만하라이."

정필은 미란을 쳐다보며 고개를 끄떡였다.

"내가 봐도 미란이 정말 예쁘구나."

"오… 라바이, 놀리지 말기요."

맞은편에 앉은 향숙이 감탄하는 표정으로 말했다.

"정필 씨 동생 선희 씨는 제가 본 여자들 중에서 제일 이뻤습다. 그런데 연희하고 미란 씨도 정말 예쁘구만요. 정필 씨네 집안 혈통이 좋은 것 같습다."

정필은 미란의 머리를 쓰다듬었다.

"내가 봐도 미란이는 예쁩니다. 선희나 연희보다 더 예쁜 거 같습니다."

미란은 너무 기뻐서 가슴이 쿵쾅거렸고, 얼굴은 물론 목덜미까지 빨개졌다.

미란의 설명에 의하면 그녀가 했다는 밀수는 대단한 게 아니고 그저 두만강 국경을 넘나들면서 용정이나 연길에서 생필품들을 사다가 청진에서 팔았다는 것이다.

미란은 밀수 덕분에 아사자가 속출하는 북한의 소위 '고난의 행군' 시기에 부모님과 남동생 지훈을 굶기지 않고 배불리 먹일 수 있었다.

"연길에도 왔었니?"

"다섯 번쯤 갔었습다."

미란이 궁금한 얼굴로 물었다.

"기런데 오라바이 연길에는 어케 가심까?"

"나 연길에서 사업하고 있다."

"그렇슴까?"

미란은 놀라면서 아쉬운 표정을 지었다.

"고조 오라바이 연길에 계신 거이 진작 알았더라면……."

그녀는 말끝을 흐리고 갑자기 눈물을 뚝뚝 흘렸다.

"우리 가족 모두 무사히 남조선에 갈 수 있었을 거인데……."

정필은 아까부터 궁금했던 것을 조심스럽게 물었다.

"고모하고 고모부는 집에 계시니?"

"아임다… 으흐응……!"

미란은 고개를 가로젓고는 울음을 터뜨리면서 정필에게 기댔다.

정필은 그녀의 어깨를 잡고 품에 안았다.

"무슨 일이 있었니?"

지훈이 눈물을 글썽거리면서 말했다.

"지난 달 중순쯤에 청진시보위부에서 보위 요원들이 몰려와서리 우리 집으로 들이닥쳤다는 말임다. 그 사람들 말이 회령에 사시는 외할머니와 삼촌 가족이 공화국을 탈출해서리 남조선에 가셨다는 거였슴다."

그 말을 듣고 정필은 어떻게 된 것인지 짐작이 갔다.

지훈은 손등으로 눈물을 닦았다.

"부모님은 시보위부에 끌려가서리 고문을 당하고는 정치범 수용소로 끌려가셨슴다. 흐으엉……!"

정필의 품에서 미란이 흐느껴 울었고 지훈은 어깨를 들먹이면서 말을 이었다.

"엉엉……! 정치범수용소에 끌려가면 죽기 전에는 나오지 못함다……. 누님하고 나는 그날부터 부모님 얼굴을 한 번도 보지 못했다는 말임다……!"

정필은 너무 참담해서 가슴이 짓이겨지는 것 같았다.

정필과 미란, 지훈 남매는 거의 밤을 새우다시피 얘기를 나누었다.

난생처음 만나는 이들 사촌지간은 할 얘기가 너무 많아서 흐르는 시간이 아까웠다.

정필이 잡은 객실은 침대가 두 개 있는데 모두들 정필 주위에만 몰려서 얘기꽃을 피웠다.

이들은 새벽 5시가 돼서야 겨우 잠자리에 들었으며, 정필과 혜주, 옥단카, 향숙이 한 침대에, 그리고 미란과 지훈이 옆 침대에 누웠다.

침대가 컸지만 정필 등 4명이 자기에는 좁은 것 같았다. 그렇지만 징필 양쪽에 팔베개를 한 혜주와 옥단카가 껌처럼 달라붙고 그 옆에 향숙이 누우니까 비좁지 않았다.

정필과 같이 자는 세 여자는 어떻게 하면 정필하고 꼭 붙어서 잘 수 있을 것인가를 궁리하는 사람들이라서 침대가 좁으면 좁을수록 좋아할 것이다.

다시는 정필하고 같이 잠을 자지 못할 것이라고 생각했었던 혜주는 고양이 새끼처럼 자꾸만 그의 품속으로 파고들며 '아빠'를 연발했다.

혜주 옆에 누운 향숙은 이렇게 정필하고 한 침대에 누워 있다는 사실만으로 꿈을 꾸고 있는 것처럼 행복했다.

옆 침대의 미란이 정필 쪽을 보면서 옆으로 누워 풀잎이 서로 스치는 듯한 사근거리는 목소리로 속삭였다.

"정필 오라바이."

"응?"

"너무 행복함다."

캄캄한 실내에 정필의 부드러운 목소리가 울렸다.

"앞으로는 더 행복할 거야."

"고맙슴다, 오라바이."

"고맙기는, 내가 너희들에게 미안하다."

이 순간 정필은 어떻게 하면 정치범수용소에 끌려갔다는 고모와 고모부를 구할 수 있을 것인가에 대해서 골똘히 생각하고 있었다.

　　　 ＊　　　　　 ＊　　　　　 ＊

　연길에 돌아온 정필은 자신의 거처를 영실네 집으로 옮겼다.

　영실네 집은 한 달 동안 대대적인 공사를 끝낸 덕분에 나름 대로 난공불락(難攻不落)의 요새처럼 변했다.

　거대한 대저택을 둘러싼 높은 담 곳곳에는 CCTV를 설치했으며, 특히 신경을 쓴 지하실에는 여러 시설이 있는데 그중에서도 가장 정필의 마음에 든 것은 위급 시에 사용할 도피 시설이다.

　지하실은 헬스 시설과 당구대, 탁구대, 욕실 등 편의 시설이 집중되어 있지만 다 위장이다.

　지하실 주방의 대형 냉장고 뒤 벽에 겉으로는 절대로 알 수 없는 비밀 문이 있다.

　그 비밀 문은 옆집으로 통하는 비밀 통로로 연결되어 있다. 물론 옆집도 사들였기 때문에 일단 유사시에는 비밀 통로를 통해서 옆집으로 피신할 수가 있다.

　총 3층인 이 대저택의 각 층에는 비밀 엘리베이터가 있으며, 그것들은 지하 2층까지 이어져 있다.

　구출한 탈북자들은 기본적으로 흑천상사 엔젤하우스와 장

중환 목사의 베드로의 집에서 생활하게 하고, 영실네 집에는 정필의 최측근이나 아주 특별한 관리가 필요한 탈북자만 묵게 할 계획이다.

재영에 의해서 '미카엘의 성(城)'으로 명명된 영실네 집 일층 거실 겸 소연회장에 정필을 비롯한 그의 최측근들이 모여서 저녁 식사를 하고 있다.

정필이 왔다는 소식에 영실은 일찍 퇴근해서 총알처럼 달려왔으며, 탈북자들을 구출하는 일로 외부에 나가 있던 김길우와 재영은 조금 늦게 도착했다.

회전식 크고 둥근 대리석 테이블 주위에 정필을 비롯한 최측근들이 모였으며, 우선 재영과 김길우가 정필이 부재중에 있었던 일들을 보고했다.

인신매매단에 붙잡혀 있는 16살~25살까지의 탈북녀 5명을 구한 것과 청강호가 보낸 탈북자 세 가족 11명을 구해서 엔젤 하우스에 보냈으며, 그들의 중국 공민증을 전문가에게 주문했다고 한다.

이즈음 중국 공민증 전문가는 정필 쪽의 일만 전담으로 하고 있는 실정이다.

정필은 자신의 양옆에 앉은 혜주와 향숙 중에서 혜주를 먼저 일어나게 하여 소개했다.

"혜주입니다."

다들 혜주를 잘 알고 있지만 그녀를 모르는 재영에게 소개시키는 것이다.

혜주가 꾸벅 고개를 숙여 인사를 하자 영실은 눈물을 흘렸고, 김길우는 다정하게 미소를 지으며 반겨주었다.

혜주는 정필의 손을 잡아끌어 자신의 허리를 감게 하고는 또랑또랑하게 말했다.

"우리 아빠예요."

재영을 제외하고는 다들 혜주가 정필을 아빠라고 부르면서 실제 아빠처럼 잘 따른다는 사실을 잘 알고 있다.

김길우가 혜주를 보면서 삼촌 같은 미소를 지었다.

"혜주는 더 예뻐졌꼬마."

정말 혜주는 석 달 전보다 훨씬 예뻐져서 정필을 제외한 모든 사람들이 그녀에게서 눈을 떼지 못할 정도다.

"정필아, 쟤 사람 맞냐? 정말 예쁘다."

재영이 눈을 반쯤 뜨고 감상하듯이 혜주를 보면서 감탄했다.

"선희보다 예쁩니까?"

재영은 여태껏 살아오면서 선희보다 예쁜 여자는 본 적이 없다고 입버릇처럼 말했었다.

그리고 그는 여자의 외모에 대해서 점수를 매우 박하게 주는 까다로운 눈을 지녔다.

"솔직히 선희보다 열 배는 더 예쁘다."

그는 맥주를 한 잔 들이켜고 나서 덧붙였다.

"장차 누가 데려갈 건지 복 터졌다."

그러자 혜주가 한 손으로는 자신의 허리를 감은 정필의 손을 잡고 다른 손을 그의 어깨에 얹으며 당돌하게 말했다.

"저는 올해 15살인데, 5년 후에 20살이 되면 아빠한테 시집갈 겁다."

사람들이 와아! 하고 웃으면서 정필은 좋겠다는 둥 한마디씩 하며 진담으로 받아들이지 않았다.

혜주는 그게 서운한지 목소리를 높여 카랑카랑하게 말했다.

"두고 보세요. 저는 꼭 정필 아빠하고 결혼할 거예요!"

"혜주야, 터터우 좋아하는 여자가 셀 수도 없이 많은데 네 차례가 돌아가겠니?"

김길우가 웃으면서 말하자 혜주는 차갑게 코웃음을 쳤다.

"흥! 아빠는 절 기다려 주실 겁다!"

그러고 나서 혜주는 자기 자리에 앉지 않고 정필 무릎에 앉았다. 그것은 마치 정필이 자기 남자라고 시위를 하는 듯한 행동이다.

정필은 그러는 혜주가 귀엽다는 듯 그녀의 머리를 쓰다듬으면서 이번에는 향숙을 소개했다.

"향숙 씨입니다."

향숙이 일어나서 얼굴을 붉히며 고개를 숙였다.

"다시 돌아왔습다."

"잘 오셨습다, 향숙 씨."

"잘 왔다이, 향숙아. 우리 이제는 절대로 헤어지지 말자."

김길우와 영실이 쌍수를 들어 환영했다.

영실은 방금 정필이 향숙을 예전처럼 '향숙 누님'이라고 하지 않고 '향숙 씨'라고 소개한 것을 듣고는 둘 사이에 무슨 변화가 있었을 것이라고 여자 특유의 예감을 느꼈다.

큰누나인 영실 자신이 정필의 여자가 된 마당에 그녀보다 두 살 어린 향숙이 정필과 남녀 관계로 발전하지 말라는 법이 없기 때문이다.

더구나 예전부터 향숙은 영실에게 정필을 사랑한다고 울면서 몇 번이나 고백을 했었다.

"향숙 씨는 앞으로 이 집과 엔젤하우스를 맡아서 관리하게 될 겁니다."

정필은 연길로 돌아오는 길에 앞으로 향숙이 할 일에 대해서 두루 설명을 해주었다.

"향숙 씨에겐 관리자로서 그에 적합한 월급을 지급할 것입니다."

그런 말은 없었기에 향숙은 깜짝 놀라서 정필을 쳐다보았지만 그는 모른 체하면서 딴청을 부렸다.

정필 일행은 식사가 끝났지만 술자리가 계속 이어졌다.

"권보영은 찾았습니까?"

권보영에 대한 일은 김길우가 전담하고 있다.

"연길에는 없는 것 같습다. 공안국에서 샅샅이 뒤지고 있는데 아직 찾지 못했습다."

김길우는 팔을 길게 뻗어 정필의 잔에 술을 따르면서 말을 이었다.

"그리고 북한 보위부 연길 지부는 폐쇄됐습다. 이 지역에선 북한 보위 요원이 한 명도 없습다."

"그년 반드시 찾아내야 합니다."

정필은 술잔을 들어 입에 쏟아부었다.

"북한에 있다면 내가 들어가서라도 그년을 반드시 잡아오든가 죽일 겁니다."

"그러면 청강호 선생에게 부탁해 보갔습다."

"그러세요."

정필은 다시 한 잔의 술을 마시려다가 분위기 때문인지 향숙이 몹시 긴장한 표정으로 꼿꼿하게 앉아 있는 것을 보고는 그녀의 허벅지에 가만히 손을 얹었다.

"한잔하세요."

향숙은 그를 보면서 배시시 미소 지으며 자신의 허벅지에 얹은 그의 손을 꼭 잡고는 다른 손으로 잔을 들었다.

정필은 향숙과 잔을 부딪치고 나서 옥단카에게도 잔을 내밀어보였다.

"옥단카, 너도 한잔하자."

모두 잔을 들고 한 잔씩 마시고 나서 김길우가 진지한 표정으로 말했다.

"터터우, 일전에 흑사파놈들이 북한의 어린 계집아이들을 외국에 판다고 하잖았습까?"

"알아봤습니까?"

"8일 후 3월 4일 단동(丹東)부두 밤 9시임다."

"음, 자세히 설명해 보세요."

"중국 선적의 화물선 '창비호'에 북한 어린 여자아이 120명을 몰래 태우고 출항한담다."

재영이 발끈해서 외치듯이 물었다.

"그게 가능해?"

"흑사파는 중국 각계의 관리들하고 잘 통하니끼니 마음만 먹으면 별문제 없을 거임다."

"이런, 썅!"

탁!

재영은 손바닥으로 테이블을 치며 욕을 내뱉었다.

김길우가 수첩을 꺼내 보면서 말했다.

"연길의 흑사파 30명 정도가 호송할 거라고 한다."

"어디에서 출발해서 어떤 경로로 호송하는 거요?"

"그것까지는 모르갔슴다."

재영의 신경질적인 물음에 김길우는 착잡한 표정으로 고개를 가로저었다.

정필이 나직이 중얼거렸다.

"연길에서 단동까지 호송하는 건 분명한데 언제 어디에서 출발하는지를 모르면 소용없습니다."

"그럼 3월 4일 밤에 단동부두의 창비호라는 화물선을 덮치는 수밖에 없는 건가?"

"그런 것 같습니다."

정필은 안겨 있는 혜주가 잠든 것을 알고 일어나서 그의 방 침대에 눕히고 돌아왔다.

"길우 씨는 그것에 대해서 계속 알아보십시오."

"알갔슴다."

정필은 재영을 보면서 술잔을 들었다.

"일이 잘 안 풀리면 팀장님 말씀대로 단동부두에 쳐들어갈 수밖에 없습니다."

재영이 눈을 빛냈다.

"그렇지. 어린 계집아이들을 양코배기 놈들한테 짓밟히게 놔둘 수는 없지."

밤 10시쯤 정필은 영실이 마련해 준 2층 자신의 방으로 옥단카, 향숙과 함께 들어갔다.

방은 하나지만 워낙 커서 킹사이즈 침대 두 개가 나란히 놓여 있고, 소파와 테이블, 작은 주방 겸 홈 바에 화장실과 욕실이 달려 있어서 호텔 스위트룸 이상이었다.

정필과 옥단카가 옷을 벗고 욕실에 들어가 있으니까 3분쯤 지나서 향숙이 나신으로 들어왔다.

향숙은 서울 월계동 자신의 아파트에서 정필, 옥단카 셋이서 목욕을 한 적이 있어서 두 번째인 오늘은 처음처럼 부끄럽지 않았다.

"너는 나가라."

따뜻한 물이 가득 차 있는 욕조 안에 앉아 있던 정필이 자신의 몸 위에 포개어 앉아 있던 옥단카를 일으켰다.

옥단카는 아무 말 없이 일어나서 욕조 밖으로 나갔다. 몸에서 뜨거운 김이 무럭무럭 피어오르고 물이 뚝뚝 떨어지는 그녀의 작지만 찰진 몸은 무척이나 예뻤다.

벌거벗은 향숙은 한쪽에 우두커니 서서 옥단카가 수건으로 몸을 닦는 것을 물끄러미 지켜보았다.

18살의 옥단카는 작고 아담하지만 늘씬하면서 탄탄한 몸매를 지녔다.

그녀보다 19살 많은 향숙은 옥단카에 비해서 키가 15㎝나 크고 몸매도 늘씬하고 유방과 엉덩이가 훨씬 더 풍만하지만 옥단카 같은 팽팽함이 없다.

풍만한 유방은 조금 처졌고 피부는 반짝이는 윤기를 잃어가고 있었다.

옥단카는 일말의 감정도 없는 듯 향숙을 쳐다보지도 않고 욕실을 나갔다.

"이리 들어와요."

단둘이 남게 되자 욕조의 정필이 향숙을 불렀다.

서울에 있는 향숙의 집에서 목욕을 할 때는 옥단카가 정필의 몸을 씻어주었고, 향숙은 잔뜩 긴장한 채 자신의 몸에 물을 뿌리면서 머뭇거리기만 했었다.

그렇지만 향숙은 자신의 운명은 이미 정필을 향해 던져졌다는 사실을 깨닫고 조심스럽게 욕조 안으로 발을 디밀었다.

그녀가 정필을 마주 보면서 욕조 맞은편에 앉으려는데 그가 두 손을 뻗어 그녀의 허리를 잡더니 자신의 몸 위에 쓰러뜨리듯이 주저앉혔다.

"옴마야……."

정필은 몸에 힘이 잔뜩 들어가 있는 향숙의 허리를 안고 조용한 목소리로 말했다.

"물이 따뜻합니다. 편안하게 있어요."

정필은 꼿꼿하게 세우고 있는 향숙의 상체를 뒤로 눕히고 고개를 자신의 어깨에 기대게 했다.

"향숙 씨."

"네……."

"나 영실 씨하고 잤습니다."

"……."

향숙은 처음에 그 말이 무슨 뜻인지 알아듣지 못했다가 잠시 후에 깜짝 놀랐다.

"영… 실 언니하고 말임까?"

"그렇습니다."

정필은 그전에 자신이 소영이라는 여자하고도 잤다고 말해주었다.

그러고는 어째서 그렇게까지 하지 않으면 안 되었는지에 대해서 조용한 목소리로 차근차근 설명해 주었다.

그는 향숙이나 영실을 기만하고 싶지 않았다. 그래서 지금 해준 얘기를 조만간 영실에게도 해줄 생각이다.

"영실 씨는 나만 바라보고 삽니다. 향숙 씨도 그렇습니까?"

"네……."

"이런 상황에 내가 어떻게 하면 좋겠습니까?"

향숙은 아무 말도 하지 않은 채 가만히 있었고 정필도 말없이 그녀의 대답을 기다렸다.

이윽고 한참 만에 향숙이 조용히 말했다.

"정필 씨가 옳은 것 같습다."

"이런 식으로 계속 살 수 있겠습니까?"

"정필 씨가 저를 버리지만 않는다면 저는 영실 언니하고 사이좋게 지내갔습다."

정필은 두 손으로 향숙의 유방을 부드럽게 어루만졌다.

"이해해 줘서 고맙습니다."

그는 향숙의 고개를 자신 쪽으로 돌려서 키스를 하면서 손을 아래로 미끄러뜨렸다.

*   *   *

권보영은 함경북도 온성보위부 부장으로 발령받았다.

전도양양한 연길 지부 대장에서 함경북도에서도 최동북단에 위치한 변방 지역 온성군 보위부장이 됐다는 것은 좌천을 의미했다.

권보영이 새 보직을 받고 이틀째 날 아침에 그녀는 수북하게 쌓인 보고서를 읽다가 정신이 번쩍 드는 보고서 한 장을 발견했다.

그녀는 달랑 한 장짜리 보고서를 몇 번이나 읽고 나서 부관을 불렀다.

"이 새끼래 어디 있지?"

연길에서 권보영을 따라 온성보위부에 배치된 부관 장간치 소위가 보고서를 보더니 대답했다.

"여기 감방에 있슴다."

권보영은 벌떡 일어섰다.

"가자우."

권보영이 있는 곳은 온성읍이 아닌 남양이다. 왜냐하면 남양에서 두만강에 놓인 다리 하나만 건너면 중국 도문이라서 남양이 전략적으로 훨씬 중요하기 때문이다.

철컹!

대위 제복을 입은 권보영은 구치소 보위 요원이 열어준 감방 안으로 성큼 들어섰다.

퀴퀴한 썩은 냄새와 지린내가 진동하는 감방 바닥에는 한 사람이 피투성이 모습으로 쓰러져 있었다.

권보영이 턱짓을 해보이자 부관 장간치가 보위 요원에게 명령했다.

"일으켜 앉히라우."

보위 요원이 쓰러져 있는 사람을 부축해서 똑바로 앉혔으나 자꾸만 엎어지려고 해서 뒤에서 붙잡은 채 권보영을 쳐다보았다.

권보영은 얼굴이 짓이겨져서 용모는커녕 남자인지, 여자인지조차도 알아볼 수 없는 사람을 굽어보면서 냉랭한 목소리로 물었다.

"이보라우. 네 이름이 양석철이네?"

피투성이 사람은 퉁퉁 붓고 찢어진 눈으로 권보영을 쳐다보면서 겨우 대답했다.

"그… 렇슴다……."

『검은 천사』 10권에 계속…

초대형 24시 만화방

신간 100%, 샤워실, 흡연실, 수면실(침대석), 커플석, 세탁기 완비

■ 시흥 정왕25시점 ■

경기 시흥시 정왕동 1742-13 미스터피자 건물 5층
031) 319-5629

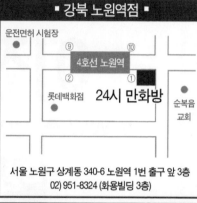

■ 강북 노원역점 ■

서울 노원구 상계동 340-6 노원역 1번 출구 앞 3층
02) 951-8324 (화용빌딩 3층)

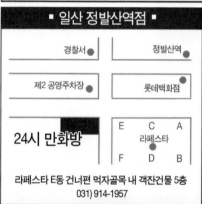

■ 일산 정발산역점 ■

라페스타 E동 건너편 먹자골목 내 객잔건물 5층
031) 914-1957

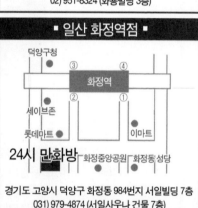

■ 일산 화정역점 ■

경기도 고양시 덕양구 화정동 984번지 서일빌딩 7층
031) 979-4874 (서일사우나 건물 7층)

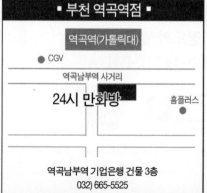

■ 부천 역곡역점 ■

역곡남부역 기업은행 건물 3층
032) 665-5525

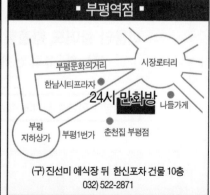

■ 부평역점 ■

(구) 진선미 예식장 뒤 한신포차 건물 10층
032) 522-2871